10

귀여우면 변태라도
좋아해 주실 수 있나요?

하나마 토모   일러스트 sune

그 자리에 있던 5명 모두가 움직임을 멈췄다.

"……알았어요. 하지만 이렇게 된 이상 나도 대충하지 않을 생각이에요."

그리고 오니즈카와는 정정당당하게 싸워서 결판을 내고 싶으니까."

누군가를 좋아하게 되는 건 굉장히 멋진 일이니까.
좋아하는 사람을 생각하면 힘이 샘솟고.

그 사람이 웃어주면 저까지 행복해지고
함께 있는 것만으로도 마음이 따뜻해지죠."

목차

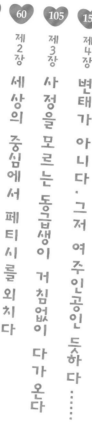

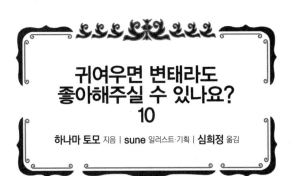

귀여우면 변태라도
좋아해주실 수 있나요?
10

하나마 토모 지음 | sune 일러스트·기획 | 심희정 옮김

SNOVEL

컬러, 본문 일러스트, 기획 | sune

학생현관 게시판에 부착된 스캔들 사진을 발견한 후, 후지모토 진영은 학생회실에서 긴급회의를 열었다.

 테이블을 둘러싸고 앉은 건 학생회 임원 4명에 케이키까지 더해 5명.

 긴급사태로 인해 추천입시 준비로 바쁜 시호도 소집되었고 아이리와 남자 버전 린, 그리고 아야노에 이르기까지, 모두가 곤란한 얼굴로 침묵을 지키고 있었다.

 그런 와중에 처음으로 입을 연 건 케이키 옆에 앉은 린타로였다.

 "큰일이네요……."

 "으응……. 설마 이런 사진이 찍힐 줄이야……."

 그렇게 말하며 케이키는 테이블 위에 놓인 2장의 사진을 향해 시선을 떨궜다.

 몇 분 전까지 게시판에 붙어 있던 사진에는 각각 케이키가 아야노에게 안긴 장면과 시호에게 끌어안겨 그녀의 가슴에 얼굴을 묻은 순간이 담겨 있었다.

 "사진은 금방 떼어냈지만 선거에 영향이 생기는 건 피할 수 없겠죠……."

 케이키 시선에서 대각선 앞쪽에 앉은 아이리가 분한 듯 말했다.

"사람들 입에 자물쇠를 채울 순 없으니까."

의장석에 앉은 시호도 곤란한 듯 중얼거렸다.

결정적인 사진과 함께 『2학년 B반 키류 케이키는 양다리를 걸치고 있다!』라는 고발문까지 첨부되어 있었다.

현역 학생회 임원의 연애 스캔들.

게다가 선거 기간 중이라면 화제성도 커진다.

소문이 퍼지는 건 시간문제겠지.

"설마 여기까지 와서 케이 선배의 양다리 의혹이 불거질 줄은 몰랐어요."

"완벽한 헛소문이지만."

"키류, 난 놀이 상대였구나……."

"후지모토, 이 상황에서 그런 농담은 웃어넘기기 힘드니까 하지 마."

악질적인 농담을 내뱉는 아야노를 나무라자 웬일인지 그녀가 '흐음……'이라고 입술을 삐죽거리며 불만스러운 시선을 보냈다.

솔직히 말해 엄청 귀여웠지만 지금은 그런 생각을 할 때가 아니었다.

투표일 전날이라는 최악의 타이밍에 일어난 스캔들 발각.

학생회장을 노리는 아야노에게 심한 타격이라고밖에 말할 수 없었다.

양다리 의혹은 어떻게 포장해도 좋은 이미지로 이어질 수 없고 이 소문이 퍼지면 후지모토 진영의 데미지는 피할 수 없겠지.

상황을 정리하려는 차에 아이리가 발언했다.

"뭐, 이제 와서 키류 선배한테 양다리를 걸칠 주변머리가 있을 것 같진 않지만 때와 경우는 생각해줬으면 좋겠어요. ……그런데 키류 선배는 시호 선배한테 이런 짓을 했군요…… 정말 최악이야……."

"케이 선배는 역시 대단해요. 나도 언젠가 여자 가슴에 얼굴을 묻어보고 싶어요."

"미리 말해두지만 내가 스스로 가슴에 다이빙한 게 아니야."

두 후배가 가슴 성인으로 인정할 것 같아서 일단 부정했다.

"미안, 키류. 내가 경솔한 짓을 한 탓이야……."

"아뇨, 타카사키 선배 잘못이 아니에요."

복도에서 오랫동안 이야기에 열중했던 건 부주의했을지도 모르지만 설마 도촬되고 있을 줄은 몰랐다.

"그런데 대체 누가 사진을 붙인 걸까?"

"그야 당연한 거 아닌가요?! 범인은 만화연구부 녀석들이에요!"

시호가 꺼낸 의문에 아이리가 기세당당한 모습으로 주장했다.

선거가 시작된 월요일부터 오늘까지 아야노는 항상 지지율로 메구미를 리드하고 있었다.

그 숫자에 큰 변화 없이 내일은 드디어 투표일.

타이밍이 타이밍인 만큼 초조해진 오니즈카 진영이 이쪽 지지율을 떨어뜨리기 위해 도촬 사진을 사용했다고 생각해 버리는 것도 무리는 아니었다.

"아이, 만화연구부 사람들이 했다는 증거는 없잖아?"

"그건 그렇지만……잠깐, 혼란한 틈을 타서 아이라고 부르지 마."

린타로의 지적을 받고 흥분하기 시작했던 아이리가 얌전해졌다.

지금까지 열심히 해 온 만큼 이런 형태로 먹칠되는 게 분한 모양이었다.

그건 아이리뿐만이 아니라 이 자리에 있는 모두가 같은 마음이었다.

"만화연구부가 수상한 건 확실하지만 린타로가 말한 대로 증거가 없으니까."

의심하고 싶은 마음도 충분히 이해하지만 추측만으로 단정 지을 순 없었다.

선거와는 관계없이, 단순히 유쾌범에 의한 범행일 가능성도 부정할 순 없었다.

"일단 지금은 시간이 별로 없으니까 점심시간에 다시 모일까?"

"그러네요."

시호의 말에 학생회실 시계를 확인해보니 슬슬 아침 학급 회의가 시작할 시간이었다.

일단 해산하자는 흐름으로 바뀌어 각자 퇴실 준비를 시작했다.

"―아, 맞다."

자리에서 일어날 타이밍에 무언가 떠올랐다는 듯 아이리가 입을 열었다.

"아야노 선배는 당분간 키류 선배로 충전하는 거 금지예요."

"뭐……?"

그 선고에 똑같이 의자에서 일어나던 자세로 아야노가 굳어버렸다.

"충전하면 안 돼……?"

"아니, 그렇게 절망적인 표정을 지으면 곤란한데요……."

충전 금지 선고를 받고 풀죽은 아야노를 보며 쩔쩔매는 아이리.

하지만 그녀는 믿음직스러운 우리의 선대본부장이기에 마음을 독하게 먹고 부회장 설득을 시도했다.

"이건 당연한 대책이에요. 아야노 선배는 도촬당한 거잖아요? 범인도 아직 모르고 어디서 누가 보고 있을지 모르니까요."

"으윽……."

"당분간만 참으면 나중에 키류 선배가 원하는 만큼 충전

15

하게 해줄 거예요."

"잠깐만, 나가세?!"

갑자기 이름을 불린 케이키가 항의의 목소리를 내자 그 주장을 아이리는 당연한 듯 무시했다.

"정말? 키류의 냄새를 마음껏 맡을 수 있어?"

"물론이죠. 뭣하면 집에 데리고 가도 OK예요."

"전혀 OK 아니거든?!"

멋대로 터무니없는 약속을 주고받지 말았으면 좋겠다.

변태 냄새 페티시스트인 아야노의 집에 끌려가기라도 하면 어떤 수치 플레이를 강요당할지 모르는데.

"알았어. 냄새를 마음껏 맡기 위해 지금은 참을게."

"노력하는 이유가 너무 불순해……."

냄새를 마음껏 맡을 수 있다는 조건이 먹힌 듯 겨우 아야노가 납득했다.

멋대로 경품의 대상이 되어버린 쪽은 견딜 수 없는 것 같지만…….

(……뭐, 그래도 괜히 우울해지는 것보단 나으려나?)

이번 사건은 명확한 악의에 의해 야기된 것.

밖으로는 드러내지 않아도 아야노 또한 적잖이 충격을 받았을 것이다.

선거는 이제 종반으로 치닫고 내일 오후에는 중요한 연설회를 앞두고 있었다.

그녀가 이런 일로 컨디션이 망가지는 건 원치 않았다.

학생회 멤버와 헤어진 후 케이키는 혼자 2학년 B반 교실로 향했다.

"······그런데 범인은 무엇을 위해 그런 짓을 저지른 걸까?"

복도를 걸어가며 떠올린 건 스캔들 사진을 붙인 인물에 대한 생각.

범인의 정체도 목적도 아직 알 수 없지만 일련의 수법으로 볼 때 이쪽에 적의가 있는 건 틀림없었다.

선거 방해가 목적인 건지 여학생들과 사이가 좋은 케이키에 대한 개인적인 원한인 건지.

어느 쪽이든 이번 일이 학생회 평판에 영향을 끼치는 건 사실.

실질적인 손해가 발생한 이상 방치할 순 없었다.

스캔들과 아울러 급하게 대책을 세울 필요가 있겠지.

그런 생각을 하고 있을 때였다.

"─응? 키류?"

"······응?"

느닷없이 누군가가 말을 걸어 뒤를 돌아보니 처음 보는 여학생이 서 있었다.

방금 등교한 것인지 케이키와 같은 학생 가방을 든 그녀. 베이지색 스커트라 동급생이라는 건 일목요연하게 알 수 있었지만 짧은 머리가 귀여운 그 아이를 본 기억이 없었던 케이키는 '글쎄?'라며 고개를 갸웃거렸다.

"저기……누구시죠?"

"같은 반 친구 얼굴을 잊어도 되는 거예요? 오니즈카예요. 학생회 선거에서 한창 대립 중인 오니즈카 메구미."

"뭐?! 오니즈카?!"

너무 놀란 나머지 무심코 소리가 흘러나왔다.

"뭐예요, 그렇게 큰 소리 내지 말아요."

"아니, 그렇지만……."

말하면서도 찬찬히 메구미의 모습을 확인했다.

구체적으로는 그녀의 머리 근처를…….

"그 머리, 어떻게 된 거야?"

"아―, 이거 말이에요……?"

겸연쩍은 듯 웃으며 메구미는 손가락으로 어깻죽지에 닿은 머리 끝부분을 만지작거렸다.

"어제 성대하게 실연을 당해서 과감하게 잘라버렸어요."

"……맙소사."

그것이 바로 처음에 그녀를 오니즈카 메구미라고 판단하지 못했던 원인.

도서실에서의 『사건』이 있고 나서 바로 메구미는 대대적인 이미지 체인지를 감행했다.

그녀의 트레이드 마크였던 찰랑거리는 긴 머리카락이 흔

적도 남지 않을 정도로 싹둑 잘려나가 있었다.

어제 방과 후, 하교한 메구미가 향한 곳은 역 앞에 있는 미용실이었다.

"……정말 괜찮겠어?"

"괜찮아요. 싹둑 잘라주세요."

"너무 아까운데, 이렇게 예쁜 머리를 자르라니……."

소녀의 결의가 변하지 않은 걸 확인하고 미용사 언니는 메구미의 머리에 가위질을 하며 자신의 일을 시작했다.

싹둑싹둑 소리가 들릴 때마다 스르륵 떨어지는 머리카락 뭉치.

"……."

항상 자랑하던 머리카락이 잘려나가는 모습을 메구미는 거울 너머로 바라보고 있었다.

머리 끝부분을 정돈하기 위해 그동안 정기적으로 미용실을 찾긴 했지만 이만큼 대담하게 자르는 게 얼마만이더라?

어릴 때 귀신이라는 별명이 붙었던 반동 때문인지 공주님을 동경했던 그녀는 언제부터인가 머리를 기르게 되었다.

동화 속에 등장하는 공주님은 대체로 아름답고 긴 머리를 갖고 있었으니까.

메구미에게 긴 머리는 공주님의 증거이자 동경의 상징이었다.

머리가 긴 만큼 손질은 힘들었지만 소꿉친구인 나오야가 잘 어울린다고 말해주는 게 기뻐서 계속 길러왔다.

지금 생각해보면 일종의 기원 같은 거였다.

머리를 길러서 월등한 미인이 될 수 있기를.

그리고 언젠가 사랑하는 왕자님과 맺어질 수 있기를. 그런 아련한 바람을 담은 것이었다.

하지만 그것도 이제 필요 없어.

미용실을 찾기 전 학교 도서실에서 메구미는 어이없이 실연하고 말았다.

우연히도 나오야와 케이키가 대화하는 걸 듣고 그의 마음이 자신에게 없다는 걸 알게 되었기 때문이다.

(어울리지 않는다고 확실하게 말했으니까…….)

그러니까 이제 필요 없어.

그의 공주님이 되고 싶었지만 그 바람은 이제 이뤄질 일이 없으니까.

"그렇게 이 오니즈카는 자랑하던 머리를 자르게 된 거죠."

"……."

아침에는 여유가 없었기 때문에 다시 만나기로 한 1교시 종료 후 쉬는 시간.

함께 들어간 빈 교실에서 메구미의 이야기를 들은 케이키의 얼굴이 새파랗게 질렸다.

"즉 오니즈카는 이누이 선배에 대한 마음을 끊어내기 위해 단발을……?"

"그렇게 된 거죠."

"왜 그렇게 경솔한 짓을 한 거야?!"

"왜 키류가 화를 내는 거예요?"

그야 실연했다는 건 메구미의 착각이니까.

실제로 오니즈카 메구미와 이누이 나오야는 서로 좋아하고 있었고 서로가 마음을 전하기만 한다면 순조롭게 커플이 탄생했을 것이다.

그러니까 그녀가 머리를 자를 필요는 전혀 없었다.

(나 때문이야…… 내가 쓸데없는 짓을 한 탓에 오니즈카가 단발을……!)

경솔하게 두 사람의 큐피드가 되려고 하지만 않았다면 이렇게까지 악화될 일은 없었을지도 모르는데.

내가 판단을 잘못한 탓에…….

두 사람의 관계를 악화시키고 만 탓에…….

메구미는 여자에겐 목숨이라고도 할 수 있는 머리를 잘랐고, 찰랑거리는 긴 머리에서 사랑스러운 숏 헤어로 바뀌고 말았다.

케이키가 죄책감에 시달리고 있자 메구미가 불안한 듯 물었다.

"……이 머리가 그렇게 안 어울려요?"

"아, 아니, 그런 건 전혀 아니야. 지금 그 헤어스타일도 굉장히 귀여워."

"그건 고마워요."

솔직한 감상을 전하자 메구미가 살짝 수줍어했다.

머리를 자른 영향인지 미소가 묘하게 어른스럽게 보여서 가슴이 두근거렸다.

헤어스타일이 바뀐 것만으로도 이만큼 인상이 바뀌는 걸 보면 여자는 대단한 것 같아.

"난 머리를 기르면 공주님이 될 수 있을 줄 알았어요. 머리를 길러 예뻐지면 언젠가 나오랑 맺어질 거라고."

"……."

"분명 마음속 어딘가에선 망설이고 있었던 것 같아요. 정말 학생회장이 된다고 해서 내 마음대로 연애를 금지해도 되는 건지……. 아마 아직 미련이 남았던 거겠죠. 내가 먼저 말을 꺼냈지만 나오랑 사귀게 될지도 모르는 미래를 포기하지 못했던 거예요."

"오니즈카……."

메구미의 이야기를 들으며 케이키는 이전에 아야노가 했던 말을 떠올렸다.

선거 첫날 점심시간, 부실 건물에서 만난 메구미에게 선전포고를 했을 때, 아야노는 메구미가 망설이고 있는 것 같다고 말했다.

그 망설임의 정체야말로 메구미가 지금 한 말이겠지.

원래 메구미가 회장에 입후보한 건 나오야 때문이었다.

린코에게 차이고 엉망이 된 나오야가 더 큰 데미지를 입지 않도록 교내에서 꽁냥대는 커플을 없애려고 했다.

호된 실연을 맛본 인간에게 리얼충이 내뿜는 반짝거림은 너무 눈부시니까.

그런 식으로 연애 금지를 공약으로 내세운 메구미도 마음속으로는 소꿉친구와 맺어지길 바라고 있었다.

"하지만 호되게 차인 덕분에 떨쳐버릴 수 있었어요. 이걸로 거리낌 없이 선거에 임할 수 있어요. 설령 날 좋아해 주지 않는다고 해도 난 나오를 좋아하니까…… 나오를 위해 나오가 상처 입지 않을 학교를 만들 거예요."

나오야를 위해 학생회장이 되겠다.

이 상황에서도 그녀의 방침은 변함없는 듯했다.

"오니즈카는 정말 이누이 선배를 좋아하는구나."

그녀가 건넨 말의 여기저기에서 그녀의 마음이 전해졌다.

(난 어떻게 해야 하지? 오해를 풀고 싶지만 이누이 선배의 마음을 멋대로 전할 수도 없고…….)

오해를 풀려면 필연적으로 나오야의 연심을 폭로해야 한다.

결국 본인에게 설명해달라고 할 수밖에 없는데…….

(이누이 선배는 오니즈카를 포기한다고 했으니까…….)

린코 때문에 잃어버린 남자로서의 자신감을 되찾지 못한 듯했다.

그를 설득해서 고백하게 만들면 원만하게 수습될지도 모르지만 쓸데없이 참견해서 어제 같은 실패를 되풀이하는 꼴은 차마 볼 수가 없다.

"그것보다 키류야말로 괜찮아요?"

"나?"

"아니, 반 애들이 키류를 양다리 걸친 녀석이라고 하던데요. 후지모토랑 타카사키 선배를 동시에 희생양으로 만들었다고."

"아아……."

아무래도 벌써 그 소문이 퍼진 모양이다.

"후지모토에게 성희롱을 하고 타카사키 회장의 가슴을 주무르는 사진이 유출됐다면서요."

"소문이 엄청 과장된 거야!"

"키류도 실은 플레이보이였군요……."

"그럴 듯한 사진이 걸린 건 사실이지만 양다리라는 건 헛소문이라고."

문제는 누가 그 스캔들 사진을 찍었나 하는 것.

아이리는 만화연구부 관계자가 수상하다고 했지만—.

"……일단 물어보겠는데 오니즈카가 한 짓은 아니지?"

"날 의심하는 건가요?"

"의심하고 싶진 않지만 가능성은 있다고 생각해."

메구미는 선거전에서 아야노의 유일한 대항마.

이번 일로 이득을 얻을 입장에 있는 건 확실했다.

"뭐, 이 타이밍에선 의심하는 것도 무리는 아니겠죠. 지지율로 계속 지고 있으니까 스캔들을 꾸며낼 메리트는 있을 거예요."

담담하게 말하며 메구미가 강한 시선을 케이키에게 보냈다.

"하지만 난 정정당당하게 선거에 임하고 있어요. 범인 취급당하는 건 유감이네요."

"그래……?"

그 말이 진짜인지 아닌지는 알 수 없다.

다만 처음부터 왠지 그녀가 범인은 아닐 것 같았다.

만화연구부 부원들에게 사랑받고, 좋아하는 이성을 위해 최선을 다하는 사람이 이런 식으로 타인을 상처 입히는 짓을 한다는 건 아무래도 납득하기 어려웠다.

(하지만 오니즈카가 아니라면 대체 범인은 누구지……?)

따로 수상한 인물이라면 만화연구부 남자부원들 정도였지만 어쨌든 증거는 없었다.

범인 찾기도 중요하지만 양다리 의혹과 관련된 소문도 계속 퍼지고 있는 것 같으니 투표일까지 그 대책도 세워야 했다.

당연히 연설회를 대비한 준비도 해야 했다. 너무 바빠서 눈이 핑핑 돌 것 같았다.

적어도 선거가 끝날 때까지 더 이상 아무 일도 일어나지 않았으면 좋겠어.

그렇게 바랐지만 사건은 이걸로 끝나지 않았다.

그 이후 본인 교실로 돌아온 케이키는 진지하게 수업을 들으며 시간을 보냈다.

쉬는 시간에 쇼마가 그 스캔들에 대해 물어본 반면에, 소문에 반응할 줄 알았던 마오는 거의 잠들어 있었다. 어제는 나오야×케이키라는 새로운 BL 소재를 회수했으니 동인지 콘티 작업에 바빴겠지.

3교시가 끝나고 유이카와 사유키 두 사람에게서 메시지가 도착했다.

그 소문을 들은 모양이었다.

유이카는 『나중에 자세히 가르쳐주세요. 경우에 따라서는 벌을 줄 거예요 ♪』라는 따뜻하고도 불온한 말을 보냈고, 사유키는 『변명은 됐어. 대신 벌로 날 하루 동안 암돼지 취급해줘』라는 말을 보냈기 때문에 각자에게 오해라는 뜻을 담은 답장을 보냈다.

물론 그사이에도 같은 반 여자아이들의 차가운 시선은 사라지지 않았고 참을 수 없는 기분을 느끼며 맞이한 점심 시간—.

"아, 케이 선배!"

"아아, 린타로."

학생회실로 향하는 도중에 품속에 빵을 끌어안은 린타로가 달려왔다.

옆에 나란히 선 그는 케이키가 들고 있던 도시락 꾸러미로 시선을 옮겼다.

"케이 선배도 학생회실에서 점심 먹으려고요?"

"으응, 교실에선 여자애들 시선이 따가워서."

"양다리 소문이 꽤나 퍼진 것 같더라고요."

쇼마를 시작으로 같은 반 남자애들에게는 오해라고 전했지만 아무래도 서예부 하렘왕 사건과는 달리 이번에는 사진이라는 결정적인 증거가 있었으니까.

그저 부정하면서 소문을 없애는 건 불가능에 가까웠다.

"나가세랑 의논해봤는데 일단 신문부 부원들에게 사정을 설명하고 양다리 의혹은 헛소문이라는 기사를 써달라고 하려고요. 신문부는 신뢰도가 높으니까. 오늘 방과 후에 호외를 돌리면 내일 투표 시간 전까지는 소문도 수습될 거예요."

"과연, 신문부라."

당사자인 학생회가 의혹을 부정해봤자 효과는 미미하다.

하지만 제삼자인 신문부가 배포하는 정보라면 신빙성도 높아질 것이다.

접근법으로서는 나쁘지 않겠지.

"신문부와의 교섭은 너한테 맡겨도 될까?"

"물론이죠. 케이 선배는 연설회를 대비해 아야논 선배를 도와주세요."

여장을 즐기는 변태 남학생인 린타로였지만 일은 제대로 해내는 타입이었다.

신문부와의 교섭도 맡겨두면 안심이겠지.

린타로와 이런저런 이야기를 나누는 사이에 학생회실에 도착.

요즘은 선거 관계로 학생회실에 거의 틀어박혀 지내기 때문에 케이키는 평소처럼 문손잡이에 손을 올리고 노크 없이 문을 열었다.

"수고 많으십니다."

그렇게 들어간 학생회실에는 이미 여성 임원들이 모두 모여 있었다.

응, 그것까진 괜찮았다.

학생회실이니까 임원들이 있는 건 당연한 일. 문제될 게 전혀 없다.

문제는 여성 임원 세 명 중 한 명이 속옷 차림이었다는 것이었다.

"후지모토……?"

우리 부회장, 후지모토 아야노가 흰색 브래지어와 팬티만 입은 선정적인 모습으로 서 있었다.

아무래도 옷을 갈아입는 도중이었는지 예쁜 모양의 자랑할 만한 가슴도, 새하얗고 아름다운 복부도, 매혹적인 다리도 전부 백일하에 드러내고 있었다.

의자 등받이에는 그녀가 벗어둔 것으로 생각되는 교복이 걸쳐져 있었고—.

"""""……""""".

그 자리에 있던 5명 모두가 움직임을 멈췄다.

의자에 걸터앉은 시호도 속옷 차림의 아야노도 아야노 옆에서 웬일인지 수건을 들고 서 있던 아이리도 문을 연 자세 그대로 굳어버린 케이키도 그 뒤에 서 있던 린타로도 모두가 말을 잃었다.

처음으로 정신을 차린 아이리가 화난 고양이처럼 위협을 개시했다.

"잠깐, 키류 선배?! 왜 당연한 듯이 엿보고 있는 거예요?!"

"난 억울해!!"

"됐으니까 얼른 나가요!"

"그래요!"

시키는 대로 뒤로 돌아 학생회실을 나왔다.

닫힌 문에 등을 기대고 깊게 한숨을 내쉬었다.

"……아—, 깜짝 놀랐어."

완벽한 불의의 습격이었다.

아야노의 온몸을 완전히 목격하고 말았다.

문을 열면 부회장이 옷을 갈아입고 있을 거라고 누가 상상이나 할까.

"좋겠어요, 아야논 선배가 옷 갈아입는 걸 봐서."

"린타로도 봤잖아."

"안타깝게도 케이 선배가 방해해서 거의 못 봤어요."

"그랬어……?"

운 좋은 변태의 은총은 케이키만 누릴 수 있었던 모양이다.

"아니, 왜 후지모토는 학생회실에서 옷을 갈아입고 있는 거야?"

"글쎄요?"

이전 수업이 체육이었다면 탈의실에서 옷을 갈아입었을 텐데…….

그런 의문을 끌어안은 채 기다린 지 몇 분, 학생회실 문이 열리면서 아이리가 얼굴을 내밀었다.

"두 사람 다 이제 들어와도 돼요."

"아, 응……."

다시 케이키가 안으로 들어가자 체육복으로 갈아입은 아야노가 서 있었다.

아야노는 뺨을 분홍빛으로 물들인 채 유감의 뜻을 표시하듯 눈을 가늘게 떴다.

"……키류, 야해."

"진심으로 죄송했습니다."

악의는 없었다고 해도 속옷 차림을 보고 만 건 사실.

성의를 담아 사과했다.

"이건 전부 제 불찰이에요…… 아야노 선배가 옷을 갈아입고 있는데 문 잠그는 걸 깜빡하다니……!"

"아이리 때문이 아니야."

스스로를 책망하는 아이리를 아야노가 위로했다.

그 모습을 보던 시호가 피식피식 웃으며 입을 열었다.

"하지만 케이키, 아야노가 옷 갈아입는 모습을 보고 솔직히 땡큐라고 생각했지?"

"그, 그런 거 아니거든요?"

"눈동자가 엄청 흔들리고 있잖아요……. 이러니까 남자들은…….."

여자 후배의 시선이 눈에 띄게 차가워졌다.

"그건 그렇고 후지모토는 왜 학생회실에서 옷을 갈아입은 거야?"

"그건…… 그러니까……."

케이키의 질문에 말하기 어려운 듯 머뭇거리는 아야노.

그런 부회장 대신 아이리가 답했다.

"누가 아야노 선배한테 물을 뿌렸거든요."

"뭐? 물?"

아야노를 돌아보자 그녀는 고개를 끄덕였다.

"여기 오는 도중에 계단 위에서 갑자기……."

"저도 같이 있었는데 범인의 모습까진 확인 못 해서……."

"왜 후지모토가……."

아이리는 무사했지만 아야노의 교복은 흠뻑 젖고 말았다는데.

"그 이후에 학생회실 문에 이런 메모가 붙어 있었어요."

"메모?"

아이리에게서 메모 조각을 건네받았다.

거기에는 난폭한 필체로 이렇게 쓰여 있었다.

『선거에서 사퇴해라. 안 그러면 다음에는 후지모토 부회장의 얼굴에 연유를 끼얹고 사진을 찍어 전교생에게 뿌리겠다.』

"연유……라고?"

너무나도 비열한 내용에 무심코 신음했다.

여자 얼굴에 연유를 끼얹으면 어떻게 될까?

그 해답은 불 보는 것보다 명백했다.

순간 얼굴에 끈적끈적한 백탁액을 끼얹고 글썽이는 아야노의 모습을 상상했다가 허겁지겁 머릿속에서 그 야한 영상을 삭제해버렸다.

"범인 녀석…… 정말 무시무시한 생각을 하는군……."

"인간의 소행이라고는 생각할 수가 없네요……."

케이키와 린타로가 심각한 얼굴로 중얼거렸고,

"정말 상스러워…… 이러니까 남자들은……."

같은 상상을 한 듯 아이리가 진심으로 기분 나쁜 표정을 지었다.

아야노만은 무슨 뜻인지 의미를 모르는 듯 멍하니 고개를 갸웃거렸다.

"연유를 뿌리면 어떻게 되는데?"

"아, 아니, 그건 뭐랄까……."

역시 설명하는 건 너무 부끄러웠다.

케이키가 곤란해하자 시호가 도움의 손을 내밀었다.

"어쩔 수 없지, 언니가 가르쳐줄게."

그렇게 말하며 자리에서 일어나 아야노에게 다가가는 학생회장.

그녀는 부회장의 귓가에 입을 가까이 대고 소곤소곤 무언가 귓속말을 했다.

"─그러니까? 남자의 ─을 ─해서 ─여자의 얼굴에─."

"?!"

시호의 설명을 듣고 아야노의 얼굴이 새빨개졌다.

그렇게 모든 것을 이해한 부회장이 부끄러운 듯 중얼거렸다.

"여, 연유는 곤란해……."

"뭐, 그렇지."

변태 소녀라고는 생각할 수 없는 순진한 반응이 귀여워서 살짝 흥분했지만 지금은 아야노를 괴롭히며 즐기고 있을 때가 아니었다.

궤도에서 살짝 빗나간 이야기를 아이리가 제자리로 되돌려놓았다.

"중요한 건 '선거에서 사퇴해라'라는 부분이에요. 이걸로 범인의 목적이 확실해졌네요."

"선거 방해인가…… 오늘 아침 사진도 동일범일 가능성이 높겠지."

타이밍을 생각해봐도 틀림없을 것이다.

"범인은 아야노가 회장이 되면 곤란한 사람이라는 뜻이네."

"그렇게 되면 역시 만화연구부 사람들이 수상한데요."

시호의 견해에 린타로도 의견을 덧붙였다.

선거 방해가 목적이라면 메구미가 이끄는 만화연구부가 관련되어 있을 가능성이 높았다.

긴 앞머리로 양쪽 눈을 가리고 있던 장신의 3학년생 이노오카.

통통한 체형에 안경을 쓴 2학년생 시카가와.

얌전하고 몸집이 작은 1학년생 쵸노.

오타쿠 서클의 공주님을 지지하는 3명 중에 범인이 있는 걸까?

"선대본부장으로서 이대로 범인을 그냥 놔둘 순 없어요."

"저도 나가세랑 같은 의견이에요."

"여자에게 물을 끼얹다니, 괴롭힘이라 해도 너무 심했어."

확실히 이런 일이 이어지면 선거 따위 생각할 겨를도 없게 되겠지.

범인은 두 번이나 우릴 괴롭혔고 메모에 쓰여 있던 협박도 실행에 옮길 가능성이 있었다.

케이키도 아야노에게 쓸데없는 걱정거리를 안겨주고 싶지 않았다.

그걸 위해서라도—.

"범인을 잡자. 후지모토를 연유 범벅으로 만들 순 없으니까."

사건의 흑막을 확보한다.

방해 공작을 막기 위해서는 그것밖에 방법이 없었다.

"하지만 키류 선배, 어떻게 잡을 거예요?"

"문제는 그거야……."

현재, 범인과 이어지는 물적 증거는 없었다.

닥치는 대로 조사할 틈도 없고, 내일이 투표일이라는 걸 생각하면 오늘 방과 후가 제한 시간이겠지.

"현행범 체포가 가장 확실한데……."

"으─음…… 상대도 경계하고 있을 테니까 그렇게 쉽게 잡을 순 없을 거야."

케이키의 제안에 시호가 복잡한 표정을 지었다.

"그럼 아야노가 미끼가 될게."

"안 돼. 그렇게 위험한 일을 시킬 순 없어."

"키류 선배 말이 맞아요. 아야노 선배에게 무슨 일이 생기면 어떻게 해요?"

"하지만······."

아야노의 제안은 그 자리에서 기각되었다.

아무리 범인 확보를 위해서라고 해도 아야노에게 위험한 일을 시킬 순 없었다.

범인은 여자를 상대로도 가차 없이 물을 뿌리는 인물이고 한 명이라고도 단정할 수 없으니까.

"과연, 미끼 작전이라······."

"린타로?"

"어쩌면 방법이 있을지도 모르겠어요."

"뭐? 정말?"

"네. 그 방법이라면 아야노 선배를 위험에 빠트리지 않고도 범인을 유인할 수 있을 거예요. ······뭐, 케이 선배의 협력이 아주 조금 필요하긴 하지만."

"나?"

"네♪"

되묻자 만면에 미소를 띠며 린타로가 고개를 끄덕였다.

"······."

그 미소에 케이키는 안 좋은 예감이 들었다.

◆

그날 방과 후, 일련의 사건의 『배후』는 질리지도 않는지 선거 활동에 힘을 쏟는 후지모토 아야노의 모습을 발견했다.

특별실 건물 복도에서 게시판에 선거 포스터를 붙이고 있는 후지모토 부회장.

그 모습을 그는 용구함 뒤에 숨어서 분한 듯이 관찰했다.

그만큼 충고했는데 그녀는 선거를 사퇴할 생각이 없는 듯했다.

"—그렇다면 좀 무서운 일을 겪게 해줄까?"

이런 일도 있을까 싶어서 준비했던 피에로 가면을 장착한 후 상의 주머니에서 소형 물총을 꺼냈다.

물총의 내용물은 물이 아니라 용기에서 방금 옮긴 농도 짙은 연유였다.

"큭큭큭, 이걸 얼굴에 뿌려주지……."

싫어하는 부회장을 연유 범벅으로 만들어 그 모습을 사진으로 찍는 거야.

그걸 교내에 뿌리면 이번에야말로 학생회는 끝이겠지.

"……응?"

잠깐 쉴 생각인 건지 포스터를 다 붙인 아야노가 근처 빈 교실로 들어갔다.

(완전 안성맞춤이잖아…….)

자신에게서 도망칠 수 없는 교실로 들어가다니 어리석은

녀석이야.

여긴 인기척이 없다고 해도 가능한 한 제삼자에게 목격될 만한 리스크는 피하고 싶었는데.

부회장이 밀실로 들어가 준 건 럭키였다.

"……."

발소리를 죽이고 아야노가 들어간 교실로 다가갔다.

몰래 교실 안을 엿보며 창문 근처에 타깃이 있는 걸 확인한 그는 바로 교실에 발을 들여놓았다.

"각오해라, 후지모토 부회장!"

"?!"

이쪽 목소리에 놀라 돌아보는 아야노.

멍청한 타깃에게 총구를 들이대고 겨냥한 뒤,

"받아라아아아아아아아아아!!"

주저 없이 방아쇠를 당겼다.

하얀 직선을 그리며 날아간 액체는 약간의 착오도 없이 그녀의 얼굴에 뿌려졌다.

"하하핫! 꼴좋다!"

얼굴에 백탁액을 뒤집어쓰다니, 그녀에겐 굴욕 그 자체겠지.

나머지는 스마트폰으로 사진을 찍고 이 자리를 이탈하면 임무 완료였다.

물총을 왼손으로 바꿔들고 비어 있는 오른손으로 바지 주머니에서 스마트폰을 꺼냈다.

"이걸로 후지모토 부회장은 끝이다!"

그렇게 카메라 렌즈를 들이민 것과 스마트폰 화면에 비친 그녀의 모습에 위화감을 느낀 건 거의 동시였다.

"……응? 부회장이 이렇게 키가 컸나?"

후지모토 아야노라면 학교에서도 이름난 유명인.

부회장이라는 직무상 공식적인 무대에 서는 기회도 적지 않았기에 그 자신도 수도 없이 그 모습을 봐왔지만 그녀의 키는 특별히 크지 않았다.

하지만 눈앞에 있는 부회장은 키가 족히 170센티 이상은 되는 것 같은데—.

"흐음, 연유가 든 물총이라…… 꽤나 편집적인 장비네."

"……뭐?"

들려오는 목소리는 아야노의 것이 아니었다.

아니, 아야노는커녕 여자의 목소리조차 아니었다.

굵고 귀여움이라고는 찾아볼 수 없는 그 목소리는 완벽하게 남자의 것—.

"우후후♪ 범인 씨, 붙잡았다♪"

"헉?! 이, 이런…….."

혼란을 틈타 접근한 부회장(?)에게 팔을 붙잡히고 말았다.

게다가 그대로 외국인들이나 할 법한 진한 포옹을 선물받고 말았다.

"으아아아아아아앗?!"

명백하게 여자의 것이 아닌 늠름한 팔에 안겨 비명을 지르는 범인.

어떻게든 도망치려고 난폭하게 군 찰나 휘두른 손이 부회장(?)의 머리 부분에 닿았고 그 머리는 복숭아 껍질 벗겨지듯 주르륵 벗겨져 떨어졌다.

"어머, 아야노의 머리가 떨어졌네♪"

"뭐야, 이거 가발이잖아?!"

바닥에 떨어진 건 후지모토 부회장의 헤어스타일과 비슷한 가발이었다.

"당신, 2학년 키류 케이키지?! 왜 여장하고 있는 거야? 이 변태 녀석!!"

"변태 아니거든요?!"

그렇다, 범인이 연유를 끼얹은 아야노는 새빨간 가짜였다.

그 정체는 여자 교복을 몸에 두르고 화장과 가발로 여장한 키류 케이키였다.

◇

린타로가 생각해낸 작전은 지극히 단순했다.

여자를 미끼로 쓰는 게 위험하다면 여장한 남자를 아야노 대역으로 만들면 된다는, 여장 남자로서 할 수 있는 발상이었다.

그런 거라면 린타로 본인이 하면 될 텐데 체격이 작고 힘이 약한 자신보다 케이키가 더 적임이라는 판단에 이른 듯했다.

여장은 싫었지만 아야노를 지키기 위해서라는 말에 수긍할 수밖에 없었다.

이리하여 케이키는 태어나서 처음으로 진짜 여장에 임하게 되었다.

이렇게 범인 확보로부터 몇 분 후, 사건이 일어난 빈 교실에는 학생회 멤버들이 전부 모여 있었다.

시호, 아야노, 아이리까지 3명의 여학생과 남학생 차림을 한 린타로.

참고로 물에 젖은 옷은 점심시간 중에 건조기에 넣어뒀기 때문에 아야노도 평소처럼 교복 차림이었다.

옷을 갈아입을 시간이 없었던 케이키는 여자 교복을 입은 채였고.

"아니, 용케 내 체격에 맞는 치마를 구했네."

"예전 학생회 임원이 이벤트용으로 특별히 주문했었나 봐요. 가발과 함께 자료실에 남아 있었어요."

린타로도 용케 그런 걸 찾아냈다.

"그래도 키류, 의외로 치마가 잘 어울리는데."

"전혀 아니거든?"

"기념으로 누나가 사진 찍어줄게♪"

"진짜 좀 봐주세요."

아야노에게 치마 입은 모습을 칭찬받고 시호가 무시무시한 제안을 해오는 등, 여장 남자에 대한 정신적인 공격이 끊이지 않았다.

다행히 가발은 벗었지만 여자 교복은 역시 당장 해결할 수가 없었다.

"이제 빨리 갈아입고 싶어……."

"심문이 끝나면 얼마든지 갈아입을 수 있어요."

그렇게 말하며 아이리가 시선을 돌린 곳에는 이번 사건의 범인이 의자에 붙들려 있었다.

케이키가 확보한 후 교실 로커 안에서 대기하고 있던 린타로와 협력해 의자에 앉히고 구속해뒀다.

피에로 가면도 이미 몰수해뒀기 때문에 범인은 그 맨얼굴을 사람들에게 드러내고 있었다.

"역시 만화연구부가 흑막이었네요."

"……"

의자 위에 시무룩하게 앉아 있는 건 만화연구부 소속 1학년생 쵸노였다.

그도 학생회 얼굴은 파악하고 있을 테니 이제 와서 자기소개는 필요 없겠지.

멤버들도 다 모였고, 케이키가 대표로 이야기를 시작했다.

"그럼 바로 사정 청취를 해볼까?"

"……흥."

다시 케이키가 시선을 돌리자 의자에 붙들려 있던 쵸노가 고개를 돌렸다.

전형적인 반항적 태도였지만 신경 쓰지 않고 질문했다.

"이번 일은 쵸노가 혼자 저지른 일이야?"

"……변태에게 해줄 말은 없어."

"뭐, 말하기 싫다면 그래도 상관없지만. 그럴 경우 너의 신병은 학생지도부 선생님께 넘겨야 해."

"으윽……."

정신을 뒤흔들자 쵸노가 동요하기 시작했다.

"당연히 만화연구부의 신용은 바닥에 떨어지겠지. 만약 본인이 관여하지 않았다고 해도 부하가 방해 공작을 했다는 게 드러나면 오니즈카의 당선은 절망적이지 않을까?"

"그건……."

시호의 연타에 쵸노가 못마땅한 듯 오만상을 찌푸렸다.

갈등하는 듯한 침묵 후 그는 체념한 듯 입을 열었다.

"다른 사람들은 관계없어요. 내가 혼자 한 짓이라고요. 꼭 메구 선배를 이기게 해주고 싶었으니까."

"왜 그렇게까지 오니즈카에게 최선을 다하는 거지?"

"……메구 선배는 나의 은인이니까."

"은인?"

케이키가 되묻자 쵸노가 떠듬떠듬 사정을 설명하기 시작했다.

"만화연구부에 들어갔다는 시점에 이미 알았겠지만 난 오타쿠예요. 세 끼 식사보다 애니메이션을 좋아하고 일상물 작품이라면 무한대로 시청할 자신이 있는."

"아, 응. 그렇구나……."

무슨 이야기인지는 잘 모르겠지만 일단 수긍했다.

"그런 나지만 고등학교에 입학하고 초반에는 오타쿠라는 걸 숨겼죠."

"그건 어째서?"

"그야 당연히 오타쿠라는 사실만으로도 주위에서 무시하니까 그렇죠. 특히 여자들은 더 심해요. 교실에서 라이트노벨을 읽고 있기만 해도 기분 나쁘다던가, 생리적으로 무리라던가 마음을 도려내는 말만 하니까……!"

"그, 그래……."

"중학교 때 그런 일을 겪어서 고등학교에서는 조심했는데 입학하고 시간이 좀 지났을 때, 같은 반 여자애한테 오타쿠라는 걸 들켰어요. 부주의하게 복도에서 가방 속 내용물을 전부 꺼내는 바람에…… 운 나쁘게도 그날은 『러브파렴』를 들고 왔었고……."

"아아, 소년지에서도 과격한 편이라는 그 작품?"

"그건 나도 읽었어요……."

러브파렴―『이세계에서 러브코미디를 원하는 건 파렴치한 걸까?』는 이세계로 환생한 주인공이 현지 여주인공을 향해 야한 사건을 일으키는 전개로 인기가 많은 소년 만화였다.

"『러브파렴』은 표지도 꽤 공격적이라 여자애들한테 '쵸노, 고등학생이나 돼서 이런 걸 읽어?'라든가 '기분 나빠(쿡쿡)'라는 말을 들었죠……!"

"그건 힘들었겠네……."

"그 마음 이해가 돼요……."

쵸노의 이야기에 케이키와 린타로가 응응 고개를 끄덕였다.

여자애들에게 그런 계열의 책을 보였다는 건 남자에겐 죽음을 의미했다.

같은 남자로서 공감할 수밖에 없었다.

뒤에서 아이리가 '이러니까 남자들은……'이라고 중얼거렸지만 못 들은 걸로 했다.

"그때 우연히 지나가던 메구 선배가 도와줬어요. 사람이 좋아하는 걸 업신여기는 건 꼴사나운 일이라고."

"은인이라는 게 그런 뜻이었어?"

절망적인 상황 아래에서 손을 내밀어준 게 메구미가 그에게는 구세주처럼 보였겠지.

"난 오타쿠라는 사실만으로 업신여기는 여자애들이 싫었어요. 하지만 메구 선배는 달랐죠. 그 사람만은 있는 그대로의 날 받아줬어요. 그래서 메구 선배가 있는 만화연구부에 들어간 거예요."

"과연."

원래 오타쿠인 쵸노에겐 동인지를 모으는 만화연구부가 편했겠지.

"그런 메구 선배가 학생회장이 되고 싶다고 해서 물론 나도 협력하기로 했죠. 만화연구부 선배들과 함께 메구 선배한테 은혜를 갚고 싶다는 마음 하나로……."

거기서 쵸노는 목소리 톤을 줄였다.

"하지만 어제는 평소와 달리 메구 선배가 기운이 없었고…… 투표일이 가까워져 오는데 후지모토 부회장에게 지고 있는 것 때문 아닌가 해서……."

"아아……."

어제는 도서실에서 그 사건이 일어났었으니까.

나오야에게 차였다고 착각한 메구미가 기운 없는 건 당연한 일이었고, 그 모습을 본 쵸노가 그녀를 걱정하는 것도 자연스러운 흐름이었다.

"그래서 그 사진을 붙인 거야?"

"선거를 위해 적진을 시찰하다가 쓸 만한 사진이 찍혀서. 내가 이런 말하는 것도 좀 그렇지만 시시덕거릴 거면 좀 조심하는 게 좋아요."

"그에 대해서는 반박할 말이 없군."

딱히 시시덕거린 건 아니지만 오해를 불러일으킬 만한 행동은 삼가야겠다고 케이키도 생각하고 있었다.

"메구 선배가 날 구원해줬으니까…… 그래서 꼭 선배의 바람을 이뤄주고 싶었어요……."

그게 이번에 그가 선거를 방해하려고 한 이유.

기운 없는 메구미를 위해 그녀를 이기게 해주려고 독단적으로 범행에 이른 것이었다.

"사정은 알겠지만 그렇다고 여학생에게 연유를 뿌려도 되는 건 아니야."

"……."

양다리라는 헛소문을 퍼뜨린 데다 아야노에게 물을 끼얹어 흠뻑 젖게 만들었고 더군다나 연유를 뿌려서 창피를 주려 했다.

어떤 사정이 있었다고 해도 그가 한 짓을 정당화할 이유는 되지 않았다.

근본은 나쁜 녀석이 아니겠지만 이번 일은 너무 심했다.

이대로 무죄 방면할 수는 없겠지.

"―키류의 말이 맞아요."

"응?"

갑자기 울려 퍼진 목소리에 고개를 돌아보니 교실 입구에 오니즈카 메구미가 서 있었다.

"오니즈카?"

생각지도 못한 손님.

존경하는 공주님의 등장에 쵸노가 당황했다.

"메, 메구 선배?! 어떻게 여기?"

"쵸노랑 연락이 안 되니까 걱정이 돼서 찾아다녔어요. 겨우 찾고 보니 학생회 사람들에게 둘러싸여 있길래 몰래 귀를 기울여 듣고 있었는데……."

"그 모습으로 봐선 상황은 이해하고 있는 것 같네."

어디부터 들었는지 명확하진 않았지만 대략의 사정은 파악하고 있는 듯했다.

학생회실 안으로 들어온 메구미는 케이키와 동료들의 옆을 지나 쵸노 앞에서 멈췄다.

"메, 메구 선배, 전……."

"……."

의자에 묶여 있는 후배를 향해 그녀는 방긋 미소 지으며,

"이 바보 멍청이가!"

"아야얏?!"

손날을 세워서 혼신의 힘을 다해 정수리를 내리쳤다.

"대체 뭐 하는 거예요, 쵸노?! 나에게는 비밀로 독단행동을 한 데다 주위 사람들에게 폐를 끼치다니, 대체 무슨 짓을 한 거냐고요?!"

"죄, 죄송해요, 메구 선배!"

"죄송하다고 끝날 일이면 경찰은 필요 없겠죠!"

갑자기 시작된 설교 타임.

케이키 옆에서 그 모습을 지켜보면서 린타로가 작은 소리로 말했다.

"이건, 그거네요……."

"그래, 완전히 훈육하는 엄마 같아……."

악질적인 장난을 저지른 아이를 전력을 다해 꾸짖는 엄마의 모습이었다.

솔직히 더 보기가 힘들다.

"정말 바보라니까……. 걱정해준 건 고맙지만 이런 짓을 해봤자 전혀 기쁘지 않다고요."

"메구 선배……."

"자, 학생회 여러분들께 사과해요!"

"아, 네에……!"

동경하던 선배에게 엄청 혼나고 울상이 된 남자 후배가 사죄했다.

"폐를 끼쳐서 진심으로 죄송합니다……."

"나도 사과할게요. 여러분을 불쾌하게 만들어서 미안해요."

쵸노에 이어 메구미도 고개를 숙였다.

"이렇게 된 이상 선거를 기권해야겠죠. 몰랐다고는 해도 쵸노가 이런 짓을 저지르게 만든 책임은 나에게 있으니까."

"말도 안 돼……."

메구미의 말에 쵸노가 고개를 숙였다.

그가 저지른 일은 엄벌에 처해야 할 행위였다.

진영을 통솔하는 톱으로서 메구미의 결단은 타당한 것이었지만…….

그걸 용납하지 않는 인물이 학생회에 있었다.

"그럴 필요 없어."

"네? 후지모토?"

메구미의 결단에 제동을 건 건 피해자인 아야노였다.

"난 신경 안 쓰고 책임지길 바라지도 않아."

"하지만……."

당황해서 눈동자를 굴리는 메구미에게 아야노가 말했다.

"오니즈카와는 정정당당하게 싸워서 결판을 내고 싶으니까."

"후지모토……."

정정당당하게 승부하자.

그건 이전에 메구미가 아야노에게 내건 말이었다.

"하지만 키류나 다른 사람들은 괜찮은 건가요……?"

"뭐, 어때? 지금은 후지모토가 보스니까."

"아야노 선배가 그렇게 말한다면 어쩔 수 없죠."

"나도 이의 없어요."

"선거에 관한 건 이미 다 맡겨뒀어."

아야노의 결정에 반대 의견을 내는 이는 동료들 중에 없었다.

케이키도 아이리도 린타로도 아야노를 가장 오래 봐왔던

시호도 그녀가 잘못된 결단은 내리지 않는다는 걸 믿고 있으니까.

"……알았어요. 하지만 이렇게 된 이상 나도 대충하지 않을 생각이에요."

웃는 얼굴로 내뱉는 메구미의 선전포고를,

"응, 바라던 바야."

아야노도 기세등등한 미소로 받아들였다.

이것으로 한 건 해결됐다고, 완벽하게 일 하나를 끝낸 기분으로 서 있던 케이키에게 메구미가 끈적끈적한 시선을 보냈다.

"그런데 아까부터 신경 쓰이는 게 있는데……."

"응?"

"키류는 왜 치마를 입고 있는 거죠?"

"아……."

그 이후 계속 사정을 설명했다.

쵸노의 취조를 끝내고 학생회실로 돌아온 케이키는 바로 여장을 해제했다.

"……하아, 역시 바지가 편해."

그는 적당한 자리에 앉아 되찾은 남자의 존엄을 음미했다.

많이 바쁜 시호는 추천 입시 준비를 위해 돌아갔고 아이리와 린타로도 볼일이 있어 나가는 바람에 학생회실에는 케이키와 아야노 둘만 남았다.

"키류, 수고했어."

그렇게 말하며 아야노가 방금 끓인 홍차를 케이키 앞에 놓았다.

"아, 고마워."

인사를 건네자 피식 웃으며 그녀도 옆에 놓인 의자에 앉았다.

홍차를 한 모금 마시고 케이키는 신경 쓰이던 걸 물어보았다.

"이제 와서 하는 말이지만 그렇게 쉽게 용서해도 되는 거야? 사실을 공표하면 선거는 이긴 것과 다름없을 텐데."

"괜찮아. 오니즈카가 기권하면 곤란하거든."

"무슨 소리야?"

"아직 비밀. 결과가 어떻게 될지 모르니까."

"?"

무슨 말인지 잘 모르겠지만 뭔가 생각이 있겠지.

그렇다면 이 이상 따져 묻는 것도 꼴사나운 일이었다.

그렇게 잠깐의 시간이 천천히 흘렀고 홍차를 다 마신 케이키가 자리에서 일어났다.

"그럼 이 여장 키트를 정리하고 올까?"

역시 더 이상 쓸 기회가 없을 여자 교복.

자료실에 돌려놓으려고 의자 등받이에 걸쳐놓은 상의를

손에 든 순간 주머니 속에 뭔가 딱딱한 게 들어있다는 걸 깨달았다.

"……아, 쵸노의 물총, 몰수해놓고 돌려주질 못했네."

"연유가 들어있는?"

"그래, 맞아."

개인 소유물이니까 나중에 돌려줘야 하는데…….

"아직 내용물이 들어있는 것 같네. 전부 꺼내고 씻어야겠어."

역시 연유를 넣은 채로 주는 건 문제가 있었다.

서둘러 세척하려고 총신을 확인한 케이키가 고개를 갸웃거렸다.

"……응? 이건 어떻게 여는 거지?"

물총은 피스톨 형태를 한, 희미하게 내용물이 비치는 반투명 타입의 물총이었지만 디자인이 복잡해서 주입구를 찾을 수 없었다.

주입구를 찾으려 이것저것 해보고 있는데,

"어쩌면 이걸지도?"

고전하던 케이키를 도와주려는 듯,

자리에서 일어난 아야노가 정면에서 손을 뻗었고 그녀의 아름다운 손가락이 총신에 닿았다.

"아, 잠깐, 그렇게 세게 만지면―."

―퓨웃 퓨웃.

"으앗?!"

"아……."

오발이었다.

아야노가 갑자기 총신을 만지자 놀란 케이키의 손가락이 방아쇠를 당겨서 생긴 오발.

그렇게 총구에서 분사된 액체가 아야노의 얼굴에 명중했다.

케이키가 쥐고 있던 물건에서 기세 좋게 분출된 백탁액에 의해 그녀의 머리칼이, 귀여운 볼이, 전부 끈적끈적하게 더럽혀지고 말았다.

(이건 변명할 수 없는 레벨의 아웃 아닌가?!)

이미 완벽한 19금 영상.

백탁액으로 끈적끈적해진 부회장은 엄청 야한 모습으로 변했다.

"아웃……얼굴이 끈적끈적해……."

"닦자! 어쨌든 닦자! 가급적 빨리!"

서둘러 휴대용 티슈를 꺼내 더럽혀진 후지모토의 얼굴을 닦으려고 손을 뻗었다.

"큰일 났네…… 이런 모습을 만약 나가세가 보기라도 하면……."

"뭐…… 하는 거예요?"

"헉?!"

뒤를 돌아보니 지금 이 세상에서 가장 보고 싶지 않은 인물이 서 있었다.

"나가세?!"

귀환한 아이리와 그 뒤에서 기다리던 린타로가 믿을 수 없는 걸 본 것처럼 얼굴이 창백해져 있었다.

"이건 대체 어떻게 된 일인가요?! 왜 아야노 선배 얼굴이 백탁액으로 끈적끈적해져 있는 거죠?!"

아이리의 질문에 아야노가 화르륵 뺨을 붉히며 답했다.

"키류가 뿌렸어……."

"뭐라고요?!"

심플한 대답에 아이리의 말이 막혀버리고 말았다.

조용히 고개를 숙이고 부들부들 어깨를 떨다 귀신같은 형상으로 사건의 용의자에게 다가갔다.

"이 여자의 저어어어어억!"

"오해야! 착오가 생겨서 연유를 뿌린 것뿐이니까!"

어떻게든 화가 난 아이리를 달래고 아야노의 얼굴을 쓱싹쓱싹 닦고 4명 모두가 자리에 앉을 때까지 몇 분의 시간이 소요됐다.

"……정말 키류 선배는 시집도 가기 전인 아야노 선배에게 무슨 짓을 한 거예요?"

"면목 없다."

"정말…… 우린 일을 하러 갔다 왔는데……."

"맞다, 신문부 일은 어떻게 됐어?"

케이키의 확인에 아이리가 아닌 린타로가 답했다.

"일단 신문부와는 교섭이 됐어요. 바로 기사를 써줄 것 같아요."

"그래?"

곧 호외로 『양다리 의혹』은 헛소문이었다는 게 공표될 모양이었다.

게시판에 사진을 붙였던 범인이 직접 나서서 반성하고 있다는 사실부터 정확한 성명은 숨긴다는 내용까지 집어넣어서.

이걸로 아야노와 메구미, 양쪽 진영에 데미지가 생기지 않는 형태로 결판을 지을 수 있었다.

내일 연설회 전까지는 양다리 소문도 사라지겠지.

"드디어 한 건 해결됐네."

그 사진을 봤을 때는 앞으로 어떻게 될지 아득했지만 어떻게든 해결될 것 같아 무엇보다 다행이었다.

가벼운 기분으로 이야기를 정리하려던 그때, 테이블 탁자에 올려뒀던 스마트폰이 지잉지잉 울렸다.

문자가 아닌 착신음으로 화면에는 『유이카』라고 표시되어 있었다.

"─네, 여보세요?"

『아, 케이키 선배…….』

전화를 받자 들려온 건 약간 힘이 빠진 듯한 유이카의 목소리.

"유이카? 무슨 일이야?"

『도와주세요……유이카도 이제 어떻게 해야 좋을지…….』

"무슨 일 있어?"

『도서실에 좀비가 눌러앉아 있어요…….』

"무슨 소리야?!"

『좀 민폐인 손님인데, 케이키 선배랑 아는 사람 같으니까 어떻게 할 수 있지 않을까 해서 전화했어요.』

"내가 아는 사람 중에 좀비는 없는데……."

대체 누굴 말하는 거지?

『왜, 얼마 전에 도서실에 왔던 눈매가 좀 사나운 3학년 학생 말이에요.』

"……아."

드디어 무슨 뜻인지 깨달았다.

"설마 이누이 선배?"

오니즈카 메구미의 소꿉친구로 그녀에게 마음이 있는 상급생.

이누이 나오야가 좀비가 됐다는 정보를 듣고 케이키는 허둥지둥 도서실로 향하게 되었다.

유이카에게 연락을 받은 케이키는 급하게 도서실로 걸음을 옮겼다.

도서위원 동료이자 서예부 후배인 유이카와 합류한 후, 그녀와 함께 문제의 학생이 눌러앉아 있다는 테이블 석으로 직행하니 그곳에는 문자 그대로 죽은 생선 같은 눈을 하고 의자에 앉은 남학생이 있었다.

"아—, 이누이 선배?"

"……."

"잠들었어요, 이누이 선배?"

"……."

"아무 말도 안 하면 콧구멍에 펜을 찔러 넣을 거예요?"

"……."

어떻게든 접촉을 시험 해봐도 아무런 반응이 없었다.

"대답이 없네……."

"그냥 시체인 것 같은데요……."

유이카가 말한 대로 살아있는 시체처럼 되어버린 인물은 이누이 나오야.

살짝 예리한 눈매가 특징적인 그는 오니즈카 메구미의 소꿉친구였다.

아마 여기 온 이후 계속 이 상태였겠지.

말을 걸어도 미동조차 하지 않는 좀비 선배 때문에 유이 카도 곤란한 표정을 짓고 있었다.

"이 사람, 계속 이런 느낌이에요. 기분 나쁘니까 어떻게 든 해줬으면 좋겠다고, 다른 이용자들로부터 컴플레인이 들어와서⋯⋯."

"과연."

확실히 이런 짜증 나는 생물이 근처에 있으면 마음 놓고 독서도 못 하겠지.

도서위원으로서 이 좀비를 철거해야 했다.

"어떻게든 할 수 있겠어요?"

"뭐, 아마도. 원인도 짐작이 가고."

원인은 틀림없이 어제 그 일일 것이다.

이 도서실에서 케이키와 나오야가 이야기를 나누다 그가 내뱉은 '메구미랑 내가 어울릴 리가 없어'라는 대사를 우연 히 그 자리에 있던 메구미가 듣고 오해해버렸다.

원래 '메구미는 멋진 여자니까 한심한 자신과는 어울리지 않는다'라는 의도를 담은 말이었는데 메구미가 반대 의미로 인식하고 도망가 버린 것이다.

나오야는 그 일을 신경 쓰고 있는 거겠지.

하지만 이대로라면 대화조차 나눌 수 없을 것이다.

어쩔 수 없으니 최후의 수단을 사용하기로 했다.

"이누이 선배⋯⋯ 대답 안 하면 이누이 선배는 중년 취향이라고 오니즈카한테 밀고할 거예요."

"키류 너, 악마냐?!"

"아, 드디어 말했다."

"무시할 수 없는 사안이었으니까……. 그런 취향이라고 알려지면 그야말로 두 번 다시 화해할 수 없게 될지도 모르잖아……."

확실히 좋아하는 사람이 중년 여자가 취향이라면 100년의 사랑도 식어버릴지 모른다.

이때 무슨 생각인 건지 유이카가 웃는 얼굴로 덧붙였다.

"참고로 케이키 선배는 살짝 S 기미가 있는 귀여운 여자아이를 좋아한답니다."

"분위기에 편승해서 남의 성벽을 날조하지 말아줄래?"

뜬소문 공격도 정도가 있지.

귀여운 여자는 정말 좋아하지만 S 기미가 있는 아이는 역시 사정권 밖이었다.

"이누이 선배가 좀비로 변한 건 역시 어제 일이 원인인가요?"

"……맞아."

케이키가 질문을 건네자 어두운 표정으로 나오야가 고개를 끄덕였다.

"그 이후 메구미랑 연락도 안 되고 점심시간에 교실로 가도 없고, 완벽하게 날 피하고 있어. 이제 내 얼굴도 보기 싫은 걸까? 하하……."

"이 사람, 엄청 부정적으로 변했네요."

"그만큼 약해진 거겠지."

"이야기를 들어보니, 좀비 선배가 오니즈카 선배에게 차인 것 같은데요?"

"으—음, 정확하게는 그런 것도 아닌데……."

뭐랄까, 여러 가지로 사정이 복잡했다.

나오야 앞에서 메구미의 마음을 폭로할 수도 없으니 유이카에게는 애매하게 둘러댔다.

"으윽…… 이제 끝이야. 완전히 메구미에게 미움받은 거야…… 단기간에 두 번이나 여자한테 차이다니, 난 역시 한심해……."

"진정하세요! 린코는 남자예요!"

"아니, 남자한테 차이다니, 대체 어떤 상황인 거예요……?"

"실은 이 사람, 여장한 린타로에게 고백하고 차였거든."

"네에?!"

단적으로 설명하자 유이카가 뭐가 뭔지 모르겠다는 표정을 지었다.

당연한 반응이었지만 자세하게 설명하면 이야기가 길어질 것 같아 본론으로 돌아갔다.

"이누이 선배는 정말 포기할 거예요?"

"뭐?"

"오니즈카를 좋아하잖아요?"

"그건……."

"이누이 선배는 왜 오니즈카가 학생회장에 입후보했는지 알아요?"

"뭐? 글쎄……만화연구부 남자애들만으로는 만족하지 못하고 교내 남자들 전부를 시중들게 하고 싶어서?"

"전혀 아니에요."

엉뚱한 것도 정도가 있지.

"오니즈카는 이누이 선배를 위해 최선을 다하고 있는 거예요."

"그게 무슨 의미야?"

"이 이상은 제 입으로는……."

이것만으로도 꽤나 규칙 위반이라 아슬아슬했다.

그런데도 입을 놀린 건 어떤 마음으로 그녀가 학생회장에 입후보했는지 그가 알아주길 바랐기 때문.

소중한 마음은 메구미가 직접 전해야 하니까 큐피드로서는 이 정도밖에 할 수 없지만—

"어쨌든 내일 오니즈카의 연설을 봐주세요. 오니즈카가 학생회장을 목표로 하는 이유를 알 수 있을지도 몰라요."

분명 내일이면 모든 일의 결판이 나겠지.

5일 동안에 걸친 선거도.

어긋났던 그녀와 그의 사랑도.

그걸 위해서라도 그가 제발 최선을 다했으면 좋겠다.

선거 결과는 둘째 치고 두 사람의 사랑에서는 약간 눈매가 사나운 이 상급생 쪽이 열쇠를 쥐고 있으니까.

◇

그리고 맞이한 선거 마지막 날.

점심시간이 끝난 후, 후지모토 진영의 5명은 체육관 무대 뒤에 모여 있었다.

아야노와 케이키, 아이리와 린타로, 선거도 막바지라 시호까지 응원하러 와주었다.

이미 일반 학생들도 체육관으로 이동이 끝난 상태였고 교실에서 각자 갖고 온 의자에 앉아 실내는 왁자지껄 붐비고 있었다.

참고로 학생들이 볼 때 오른쪽이 케이키와 동료들이 있는 후지모토 진영이다. 메구미를 필두로 하는 오니즈카 진영은 왼쪽 무대 뒤에서 대기 중이었다.

이제부터 아야노와 메구미 두 사람이 펼치는 입후보자 연설회 및 투개표가 진행될 예정이었다.

교내에서 실시되는 것 중엔 문화제 다음으로 큰 이벤트.

게다가 후보자 중 한 명은 『연애 금지』를 공적으로 내걸고 있는 이색적인 인물이었다.

이 선거 결과에 따라서 앞으로의 학교생활이 크게 바뀌기 때문에 학생들의 관심도 자연스럽게 커져 있었다.

"우와, 사람들 엄청 많네요."

무대 구석에서 얼굴을 내밀고 체육관 상황을 확인한 린타로가 소리를 높였다.

"왠지 저까지 긴장되는데요."

"미타니가 나가는 게 아니잖아."

"아이도 긴장하고 있으면서. 아까부터 계속 다리를 떨고 있잖아."

"아, 안 떨거든. ……잠깐, 혼란을 틈타서 아이라고 부르지 마."

강심장인 아이리도 이 독특한 분위기에 압도당해 긴장하고 있는 듯했다.

그런 와중에 주인공인 아야노는 파이프 의자에 걸터앉아 대기하고 있었다.

역시 연설을 앞두고 긴장하고 있는 건지, 무표정인 상태로 미동도 하지 않는 그녀가 걱정돼서 말을 걸었다.

"후지모토, 괜찮아?"

"긴장은 되지만 키류가 팬티를 베풀어주면 열심히 할 수 있을 것 같아."

"응, 괜찮은 것 같네."

살짝 긴장하고 있는 듯했지만 농담을 건네는 걸 보면 문제없겠지.

아야노의 당찬 모습에 안심하고 있는데 느닷없이 시호가 다가와서 비밀 얘기처럼 귓속말을 건넸다.

"케이키의 양다리 의혹, 무사히 해결돼서 다행이지?"

"그러게요."

"하지만 양다리는 꽤나 배덕적인 상황이잖아. 나랑 아야노, 어느 쪽이 본처인지 상상하면서 누나도 좀 흥분했어♪"

"그 커밍아웃, 지금 꼭 해야 했어요?"

양다리 의혹에 대한 소문도 신문부가 작성한 기사 덕분에 수습되었다.

학생들 사이에서는 '애초에 케이키 같은 평범한 남자가 학생회의 두 미녀를 손에 넣을 리가 없어'라는 결론에 이른 듯했다.

실제로 맞는 말이지만 당사자로서는 왠지 미묘한 기분이 들었다.

그런 느낌으로 무의미하게 남자로서의 프라이드에 상처를 입고 있는데,

『오래 기다리셨습니다. 준비가 끝났으니 지금부터 학생회 선거 입회연설회를 개최하겠습니다.』

체육관 스피커를 통해 사회 담당인 여학생의 목소리가 울려 퍼졌다.

사회를 맡은 건 방송부 부원. 무대 뒤에 있는 작은 방송실

안에서 마이크를 통해 목소리를 전달하고 있었다.

『우선 첫 번째 후보자, 만화연구부 소속 오니즈카 메구미 양입니다.』

선두주자인 메구미가 반대편 무대 뒤에서 나왔다.

아야노 앞을 가로막은 유일한 대항마.

압도적으로 현 부회장이 유리하다고 여겨졌던 선거전에서 초기 단계부터 학생들의 지지를 받으며 압박을 가했던 만화연구부의 여신님.

그녀가 수완가인 건 그 실적이 증명하고 있었다.

그런 메구미가 전날 자른 머리를 휘날리며 스테이지에 등단했다.

청중 쪽을 올곧게 바라보며 우선은 인사부터.

"회장직에 입후보한 2학년 B반 오니즈카 메구미입니다."

그녀의 첫 발언은 놀라울 정도로 안정된 어조로 체육관에 울려 퍼졌다.

옆에 서서 그 모습을 지켜보던 아야노가 나직이 중얼거렸다.

"오니즈카, 침착하네."

"그러게."

현역 학생회 임원인 아야노는 사람들 앞에서 말하는 게 익숙하다.

그런 점에서 익숙하지 않은 메구미는 좀 더 긴장하고 있을 줄 알았는데 그녀의 행동거지는 당당했다.

(하지만 오니즈카는 대체 어떻게 할 생각일까? 연애 금지라는 공약을 추진해봤자 이 이상의 지지를 얻을 순 없을 텐데…….)

지지율에서는 아야노가 리드하고 있었다.

양다리 의혹 스캔들도 해결이 됐고 우려되는 사항은 거의 배제됐다고 말해도 좋았다.

메구미가 선거를 제압하기 위해서는 이 연설에서 유권자의 마음을 붙잡을 어떠한 방법을 쓸 필요가 있는데…….

(오니즈카니까. 아직 뭔가 대책을 숨기고 있을지도…….)

만화연구부의 기술을 결집시킨 오리지널 만화 책자를 만들어 연애 안티팬들의 지지를 모은 메구미였다.

한 방에 역전을 노릴 수 있는 비장의 카드를 갖고 있다고 해도 이상하지 않았다.

그런 생각을 하면서 메구미의 다음 말을 기다렸다.

"―우선 한마디 하겠습니다."

여기 있는 학생회 멤버들, 그리고 전교생과 교사들이 지켜보는 가운데 상대 입후보자는 크게 숨을 들이킨 후,

"리얼충은 폭발해버려라아아아아아아아아아아아아!!"

찢어지는 듯한 큰 소리로 원망과 한탄이 담긴 대사를 외

쳤다.

"""""""?!"""""""

그 순간 체육관에 있던 전교생의 머리 위에 커다란 물음표가 떴다.

연설회에서 후보자가 갑자기 '리얼충, 폭발해버려라'라고 외쳤으니까 당연하겠지.

갑작스러운 비상사태에 혼란스러운 학생들이 '응? 뭐야?' '리얼충?' '무슨 뜻이야?'라며 웅성거리기 시작했다.

"……."

물론 케이키도 벌어진 입이 닫히지 않는 상태였다.

학생회 임원들도 마찬가지로 말을 잃었다.

역시 뒤에서 대기 중인 교사들이 개입할 줄 알았지만 아무래도 학생들의 자주성을 존중하려는 모양이었다. 당사자 본인은 태연하게 연설을 재개했다.

"실은 제가 얼마 전에 실연을 당했습니다. 계속 좋아했던 사람에게 전 안중에도 없다는 말을 확실하게 들어서……."

그건 틀림없이 나오야를 말하는 거였다.

한심한 자신과 멋진 그녀는 어울리지 않는다는 부정적인 나오야의 발언을 메구미가 오해하고 말았다.

그의 눈에 자신은 보이지 않는다고.

결정적인 착각을 하고 말았다.

"실연당했다는 게, 좋아하는 사람이 절 받아주지 않는다는 게 이렇게 슬픈 일일 줄 몰랐습니다. 이렇게 힘들 바에야 사랑 따위 하지 않았으면 좋았을 거라고 생각했습니다."

뻐끔뻐끔 입을 통해 흘러나오는 그녀의 진심.

상대를 좋아하면 할수록 그 마음이 통하지 않았을 때의 상처는 커진다.

메구미에게 오랜 사랑이 깨졌다는 건 상상 이상의 충격이었겠지.

골똘히 생각한 결과 그녀는 소중한 머리를 자르고 말았다.

그렇게라도 하지 않으면 망가진 연심과 타협을 지을 수 없었을 것이다.

"동시에 교내에서 꽁냥꽁냥 지내는 커플이 원망스러워졌습니다. 난 호되게 사랑에 실패하고 우울해하는데 뭘 그렇게 행복한 듯 알콩달콩 보내는 거냐고."

그건 분명 린코에게 차인 직후 나오야가 느끼고 있었던 마음.

그에게 차였다고 생각한 메구미도 실감한 거겠지.

"그렇기 때문에 제가 학생회장이 되면 이 학교를 연애 금지 학교로 만들겠습니다! 횡포라든가, 시대착오적이라든가, 그런 건 관계없습니다! 횡포라 해도 좋습니다! 그저 교내에서 꽁냥꽁냥 지내는 리얼충이 부러워서, 질투가 나서, 볼 가치가 없어서 그렇게 하려는 겁니다!"

메구미의 열변에 청중들로부터 '맞아, 맞아!' '학교에서 꽁냥대지 말라고!'와 같은 호의적인 의견이 날아들었다.

상상 이상의 반향.

역시 교내 커플을 질투하는 연애 안티팬이 일정 수는 있었다.

"교내의 풍기를 문란하게 만드는 리얼충에게 싫증 난 솔로 여러분들은 꼭 저에게 투표해주십시오! 함께 이 학교에서 커플을 몰아냅시다!"

마지막으로 꾸벅 인사를 건네고 메구미의 연설은 끝났다.

울려 퍼지는 박수 속, 압권인 퍼포먼스에 케이키가 망연자실한 상태로 중얼거렸다.

"진정한 폭군이네……."

마치 격렬한 롤러코스터에 탄 것 같은 기분이었다.

그녀가 주장한 건 비리얼충의 비뚤어진 마음일 뿐이었지만 연애 금지라는 불리한 공약을 내걸면서도 결과를 내고 있는 건 사실.

좋고 나쁘고는 둘째 치고 그녀에게 카리스마가 있는 건 틀림없었다.

"으음…… 오니즈카 선배, 제법이네요……."

열정이 들어간 메구미의 연설에 아이리가 분한 듯 보였다.

(오니즈카의 마음이 이누이 선배에게 닿았을까……?)

체육관 어딘가에서 듣고 있을 나오야에게 그녀의 마음이 전해졌을까?

어째서 메구미가 학생회장 선거에 나왔는지 그 이유를 깨달았을까?

어느 쪽이든 더 이상 큐피드가 나설 장면은 없었다.

앞으로 어떻게 될지는 두 사람에게 달려 있었다.

메구미가 무대 뒤로 돌아갔을 때 사회를 맡은 학생이 프로그램을 진행했다.

『오니즈카 양, 감사합니다. 그럼 다음 후보자를 불러볼까요. 학생회 소속 후지모토 아야노 양, 부탁드립니다.』

연설회 마지막 주자는 우리 부회장.

이름이 호명되고 전장으로 나서는 아야노에게 동료들이 말을 걸었다.

"아야노 선배, 열심히 하세요!"

"여기가 가장 중요한 고비예요, 아야논 선배!"

"아야노, 파이팅!"

"긴장되면 전부 다 호박이라고 생각해."

"……응."

4명의 성원에 아야노는 조용히 미소 지으며,

"다녀오겠습니다."

믿음직스럽게 대답한 후 무대 뒤에서 출진했다.

아주 고요해진 체육관에 그녀의 발소리만이 작게 울렸다.

전교생이 지켜보는 가운데 단상에 선 아야노.

정면을 향해 절묘한 타이밍에 꾸벅 가볍게 인사했다.

"학생회장에 입후보한 2학년 A반 후지모토 아야노입니다. 오늘은 제가 목표로 하는 학교생활에 관해 이야기해드리려고 합니다."

늠름한 목소리로 가슴을 펴고 첫인사를 전했다.

"이 고등학교에 입학했을 때, 전 학교가 즐겁다고 생각하진 않았습니다. 적극적이지 못했던 저는 동아리 활동에도 참가하지 않고 공부만 하고 있었기 때문입니다."

그건 이전에 그녀가 케이키에게 이야기해준 에피소드.

"하지만 타카사키 선배가 학생회로 초대해주셨고 저의 매일은 180도 변했습니다. 일은 힘들었지만 학생회 임원들과 보내는 시간은 즐거웠고 전 어느샌가 이 학교가 좋아지게 됐습니다."

학생회에 들어간 걸 계기로 지루했던 학교생활이 그 순간 다채로운 색을 띠게 됐다.

공부, 동아리 활동, 연애 등, 학교에서 바라는 청춘은 사람들마다 제각각이고 아야노에겐 그게 학생회였던 것이다.

"그래서 전 여러분이 즐거운 날들을 보낼 수 있는 학교를 만들고 싶습니다."

연단에 놓인 마이크가 아야노의 말을 학생들에게 전했다.

그 모습을 무대 뒤에 있던 케이키가 조용히 지켜보았다.

(후지모토는 역시 대단해.)

동료이기에 생기는 호의적인 시선을 뺀다고 해도 아야노

의 연설은 훌륭했다.

선거 포스터를 찍을 때는 고전했던 미소도 자연스러웠다.

누군가와 대면하고 이야기하는 게 힘들다고 말했던 아야 노였지만 그녀의 연설은 참으로 당당했다.

전교생을 향해 겁내지 않고 진지하게 자신의 정책을 호소 했다.

연설 내용은 아야노와 케이키가 의논해서 결정한 것이었다.

특이한 무언가로 시선을 끌기보단 올곧은 마음을 전하는 게 그녀에게 더 어울린다고 판단해 원고 구성을 제안했다. 그 판단은 틀리지 않았다고 생각한다.

모든 학생이 즐거운 학교생활을 보낼 수 있기를.

아야노가 항상 가슴속에 품고 있었던 마음.

그 마음은 똑똑히 모두에게 닿았을 것이다.

"마지막으로 전 연애가 불필요한 것이라고는 생각하지 않 습니다."

연설의 종반에 아야노는 메구미의 주장을 정면으로 부정 했다.

당초 예정에 없는 발언이었지만 메구미의 연설에 대항해 애드리브로 넣은 거겠지.

그것 자체는 특별히 문제 될 게 없었지만…….

"누군가를 좋아하게 되는 건 굉장히 멋진 일이니까."

……하지만 뭐지?

"좋아하는 사람을 생각하면 힘이 샘솟고, 그 사람이 웃어주면 저까지 행복해지고 함께 있는 것만으로도 마음이 따뜻해지죠."

왠지 그녀의 말이,

"두근거리고 들뜨게 되고 좀 더 옆에 있고 싶다는 욕심도 부리게 되고. 가슴속이 진정되지 않지만 그게 왠지 즐겁고."

묘하게 실감나는 건— 기분 탓이겠지?

"확실히 좋아하는 사람이 돌아봐 주지 않는 건 괴로운 일일지도 모릅니다. 사랑을 하면서 상처를 입는 일이 생길지도 모릅니다. 하지만 그래도 누군가를 좋아하게 되는 건 잘못이 아니라고 생각하니까. 모두가 당연하게 사랑을 할 수 있는 학교가 더 좋다고 생각합니다—."

단상 위 소녀가 학생들을 향해 말했다.

"부디 저에게 여러분의 힘을 빌려주십시오."

이 자리에 있는 모두가 아야노의 연설에 매료됐다.

즐거운 학교의 정의는 사람마다 제각각이고 반드시 정답이 있는 건 아닐지도 모른다.

횡포라고까지 해석되는 메구미의 정책이 지지를 모은 것처럼 가치관은 천차만별이라 모든 학생의 이상을 이뤄줄 수 있는 학교는 만들 수 없을지도 모른다.

하지만, 그래도—.

(역시 난 후지모토가 만드는 학교가 좋아.)

그녀의 마음을 듣고 다시 한번 그렇게 생각했다.

아마 지금의 교풍에서 그다지 변하지는 않겠지만 아주 조금은 등교하는 게 즐거워질 만한 그런 학교가 되겠지.

아야노도 전하고 싶은 말은 다 끝냈을 것이다.

연설도 거의 끝난 이 타이밍에 생각지도 못했던 용사가 나타났다.

"혹시 부회장에게도 좋아하는 사람이 있습니까─?"

쾌활한 한 남학생이 체육관 어딘가에서 그런 질문을 던진 것이다.

100프로 장난삼아 던진 질문을,

"─으음."

아야노는 기백 없는 부드러운 미소로 받아줬다.

"저에게는 짝사랑하는 남자가 있습니다."

그 대답에 청중이 '오오─'라고 술렁거렸다.

부끄러운 듯 내뱉은 아야노의 귀여움에 체육관은 크게 달아올랐다.

"아야논 선배, 대담하네요~."

"아야노 선배, 역시……."

"이건 언니 취향의 전개인데."

아야노의 고백에 학생회 세 사람도 활기를 띠었다.

"후지모토에게 좋아하는 사람이⋯⋯?"

케이키만은 '이해할 수 없다⋯⋯'라는 얼굴을 하고 있었다.

극도의 냄새 페티시스트로 남자의 체취에 흥미가 있는 부회장이 짝사랑을?

그녀가 냄새가 아닌 남자 자체에 흥미를 표한다는 건⋯⋯.

의외랄까, 실례되는 말이겠지만 전혀 상대가 상상되지 않았다.

"이상으로 연설을 끝내겠습니다. 들어주셔서 감사합니다."

연설을 끝낸 아야노가 고개 숙여 인사했다.

그 순간 우레와 같이 터져 나오는 박수.

많은 성원 속에서 아야노가 무대 뒤로 돌아오는 것과 동시에 방송이 시작되었다.

『후지모토 양, 감사합니다. ―그럼 지금부터 투표를 위해 이동하겠습니다. 각자 교실로 돌아가 배포된 투표용지에 기입을 부탁드립니다.』

이렇게 연설은 대성공으로 끝났다.

나머지는 당선을 믿고 기다리는 것뿐.

고등학교 생활에 연애는 필요한지 아닌지, 이 선거의 쟁점은 그걸로 집약되었다.

지금까지처럼 자유롭고 즐거운 교풍을 고수할 것인가.

아니면 연애를 금지하고 비리얼충의 낙원을 만들 것인가.

그걸 결정하기 위한 투표가 이제 곧 시작된다―.

◇

　방과 후, 학생회실에 모인 케이키와 동료들은 테이블을 둘러싸고 앉아 때를 기다리고 있었다.

　연설은 무사히 끝났고 학생들의 투표도 끝났다.

　현재, 선거관리위원들이 총출동해서 집계하고 있으니 이제 곧 교내 방송으로 결과가 공표되겠지.

　"나, 왠지 엄청 두근거려."

　"시이 선배도 긴장하시는군요. 이렇게 말하는 저도 심장이 터질 것 같아요."

　"걱정 안 해도 돼. 아야노 선배가 당연히 이길 테니까."

　방송을 기다리는 학생회실에는 독특한 긴장감이 감돌고 있었고 시호, 린타로, 아이리 세 사람도 안절부절못하는 상태였다.

　맞은편에 앉은 아야노도 시무룩한 얼굴.

　"괜찮아, 분명 당선될 거야."

　"응……."

　케이키가 말을 걸어도 역시 표정은 굳어 있었다.

　괜찮다고 생각해도 결과가 나올 때까지는 무서운 법.

　그렇게 기다리길 몇 분, 드디어 그 시간이 도래했다.

　학생회실 스피커에서 '딩동댕동'이라는 상투적인 방송음

과 함께 교내 방송이 시작되었다.

『여러분, 안녕하십니까. 방송부의 쿠라하시입니다.』

아까 사회를 맡았던 방송부원의 목소리였다.

가벼운 인사 후 그녀는 바로 본론으로 들어갔다.

『바로 학생회 선거에 관한 속보입니다. 아직 개표 도중이지만 당선이 확실시되는 후보가 나왔기 때문에 알려드리겠습니다.』

아무래도 당선이 확실시되는 후보가 나온 듯했다.

실제 선거처럼 개표 도중이라도 확정된 시점에서 발표되는 모양이다.

"드디어 결과가 나오겠네……."

월요일부터 시작된 이번 선거전.

동료들과 함께 몰두했던 그 결과가 드디어 나온다.

『엄정한 투표 결과―.』

"""""……""""""

멤버들이 마른침을 삼키며 다음 말을 기다렸다.

굉장히 길게 느껴지는, 실제로는 고작 몇 초인 시간이 흐른 후, 쿠라하시가 흥분한 목소리로 정보를 알렸다.

『차기 학생회장은 후지모토 아야노 양으로 결정됐습니다!』

"됐어!"

"해냈네요!"

자기도 모르게 자리에서 일어나 린타로와 하이파이브를 나누었다.

"아야노, 나이스 파이팅이었어."

"아야노 선배라면 당연한 결과예요."

희소식에 시호와 아이리도 얼굴이 풀어졌다.

방송을 듣고 있었던 거겠지. 케이키의 스마트폰에는 쇼마와 코하루, 서예부 부원들의 축하 메시지가 잇따라 도착했다.

와자지껄 승리에 도취된 학생회실에서,

"……휴우."

의자에 걸터앉은 채 아야노가 한숨을 내쉬며 안심한 듯 미소 지었다.

"후지모토, 축하해."

"응."

고개를 끄덕인 아야노가 자리에서 일어나 동료들을 향해 말했다.

"여러분들 덕분에 당선됐습니다. 정말 감사합니다."

웃는 얼굴로 내뱉은 감사의 말.

그 말을 들은 멤버들도 똑같이 미소 지었다.

"새로운 학생회장의 탄생이네."

아야노는 앞으로 리더로서 학생회를 이끌어가겠지.

그런 동급생을 도와줄 수 있었다는 사실이 자랑스러웠다.

케이키가 감격에 잠겨 있는데 동료들 무리에서 빠져나온 시호가 몸을 기댔다.

"고마워, 아야노를 지지해줘서. 이것도 전부 케이키가 비서로서 도와준 덕분이야."

"후지모토가 최선을 다했기 때문이에요."

"겸손하긴. 감사의 증거로 또 머리를 쓰다듬어줄까?"

"사양할게요. 이제 스캔들은 지긋지긋해요."

"아하하."

복도에서 시호에게 끌어안겨 가슴에 얼굴을 묻은 기억이 생생했다.

확실히 멋진 체험이었지만 이 자리에서 그런 짓을 하면 나가세나 아이리에게 멸시의 시선을 받을 게 확실했다.

후배 남학생을 놀리고 만족한 것인지 기분 좋은 모습으로 시호가 말했다.

"인수인계는 다음번에 하기로 하고, 여러 가지 뒤처리부터 해야겠지. 선거 포스터도 떼야 하고."

"우와, 뒷정리는 완전히 잊고 있었어요."

"흐흠, 전 물론 기억하고 있었죠."

"뭐, 마지막까지 열심히 할 수밖에 없지."

집으로 돌아갈 때까지가 소풍이고 포스터를 철거할 때까지가 선거였다.

"할 일이 태산이지만 마지막까지 힘내자!"

"""""오오!!"""""

곧 은퇴한다고 해도 역시 모두를 이끌어 온 학생회장.

시호의 한 마디에 멤버들이 일치단결했다.

"자, 그럼, 언니도 열심히 해야지~."

"……어라?"

솔선해서 일을 시작하려는 시호에게 아이리가 고개를 갸웃거렸다.

"아니, 시호 선배는 추천 입시를 준비해야 하는 거 아닌가요……?"

"으흣……."

후배의 지적에 전직 학생회장이 굳어졌다.

"……시호 선배?"

"아……아니, 하지만 아이리? 선거 활동에는 거의 참가 못 했고, 응원단장으로서 마지막 정도는 도와줘야 할 것 같아서……."

"안 돼요! 입시 쪽이 더 중요하니까 정리는 저희에게 맡겨 주세요!"

"뭐?"

"그렇게 멍하니 있을 때가 아니라고요!"

뭔가 시호가 아이리에게 혼나고 있었다.

수험 준비가 있는데 일을 도와주려고 한 모양이다.

"나가세는 믿음직스럽네."

"응, 나보다 학생회장에 더 어울릴지도."

"그럴 것 같기도 해."

처음 만났을 때는 그야말로 『연애금지』를 공약으로 내걸 만큼 남자를 싫어했던 아이리도 최근에는 점점 분위기가 부드러워지고 있었다.

기는 세지만 상냥하고 리더십도 충분했다.

어쩌면 아야노가 은퇴한 뒤를 잇는 건 그녀일지도 모른다.

"그러고 보니 후지모토가 회장이 되면 새로운 부회장을 정해야겠네."

"그건 이미 결정했어."

"뭐? 누구로?"

"키류."

"아니, 아니, 나에게 부회장은 무리야."

"아쉽다."

처음부터 진심이 아니었는지 아야노는 깔끔하게 물러났다.

그렇다면 그녀가 선택한 부회장은 누구지?

"있잖아, 키류."

"응?"

"지금 나랑 어디 좀 같이 가줄래?"

◇

아야노와 함께 건물 옥상으로 나오자 목표로 했던 인물의 모습이 보였다.

낙하 방지 펜스에 손을 대고 노을에 물든 교정을 멍하니 바라보는 메구미. 거기에 케이키가 말을 걸었다.

"오니즈카."

"네? ……어라, 키류랑 후지모토?"

뒤를 돌아본 메구미가 놀란 듯 눈을 크게 떴다.

"어떻게 여기?"

"만화연구부 부실에 갔더니 여기 있다고 해서."

만화연구부를 방문하자 쵸노를 포함한 남학생 3인조가 선뜻 메구미가 있는 곳을 가르쳐주었다.

"잠깐 이야기를 나눠봤는데 다들 선거에서 진 걸 분하게 생각하고 있더라."

"하지만 당선을 축하한다고 말해줬어."

"아하하. 오타쿠지만 착한 사람들이에요. 이번에도 나의 억지에 동참해줬고. 고맙지만 좀 부족했죠."

장신인 이노오카 선배도 통통한 체형의 시카가와도 이야기해보니 전부 상냥했다.

적이었던 아야노를 순순히 축복해줬고 스캔들 사건을 일으킨 쵸노는 몇 번이나 아야노에게 사과했다.

생각해보면 서클 여신을 위해 지나치게 가혹한 선거 활동을 도와줄 정도니까 당연히 호인들이겠지.

"나도 말해줄게요. 후지모토, 당선 축하해요."

"고마워."

"오니즈카도 선전했는데."

"아니, 꽤나 열심히 했지만 역시 지고 말았어요. 그만큼 큰소리를 쳤는데 한심하게도."

"그렇지 않아."

메구미의 말에 아야노가 고개를 저었다.

"오니즈카는 강적이었어."

"그건 고마워요, 후지모토를 고전하게 만들다니, 나도 쓸모가 없는 건 아니었네요."

에헤헤, 부끄러운 듯 메구미가 웃었다.

그 이후 뭔가 생각이 떠오른 듯 이야기를 다시 되돌렸다.

"그런데 나한테 무슨 볼일이라도 있나요?"

"아, 맞아. 후지모토가 긴히 할 말이 있대."

"후지모토가?"

"응."

고개를 끄덕인 아야노가 한 발 앞으로 나왔다.

자연스럽게 마주 보는 형태가 된 두 소녀.

아야노는 마치 이성에게 고백하듯 진지한 눈빛을 메구미에게 보냈다.

"오니즈카……."

"으, 응……?"

"난 전부터 오니즈카를 괜찮은 사람이라고 생각했어."

"……네?"

"오니즈카가 필요해."

"네에에?!"

튀어나온 충격 발언에 메구미가 경악했다.

"갑자기 무슨 고백을?! 마음은 기쁘지만 난 남자를 좋아하고, 그럴 생각은 전혀 없어요!"

"아, 미안. 그게 아니라."

장렬한 착각에 아야노가 부드럽게 말을 정정했다.

"오니즈카가 새 부회장이 되어줬으면 좋겠어."

"네? 부회장?"

"그래, 부회장."

"후지모토의 여자친구가 아니라?"

"여자친구는 모집 안 해."

"즉, 후지모토는 여자를 좋아하는 게 아니라는 뜻?"

"난 그냥 남자가 좋아."

"놀라게 좀 하지 말아요! 정말 금단의 사랑이 시작되는 줄 알았다고요!"

요컨대 백합적인 망상을 하고 만 듯했다.

그런 걸 좋아하는 아이리가 이 자리에 있었다면 여러 가지로 일이 진척됐겠지.

"아니……뭐죠? 후지모토, 나에게 부회장이 되어달라고

했어요?"

"응, 그랬어."

"……왜 나한테?"

"남자를 마음대로 조종할 수 있는 오니즈카라면 딱 맞을 것 같아서."

"왠지 악의로만 느껴지는데……."

그런 평가에 메구미가 미묘한 표정을 지었다.

"이건 반쯤 농담이고."

"반은 진심이라는 거네요……."

"가장 큰 이유는 오니즈카가 들어오면 즐거울 것 같아서."

"윽……."

직설적인 설득 문구에 메구미가 주춤거렸다.

그리고 원망하듯이 케이키를 바라보았다.

"후지모토도 사람을 잘 꼬시네요……."

"나도 알아."

케이키도 아야노에게 넘어가서 비서가 된 사례였다.

그녀에게 부탁을 받으면 왠지 거절할 수가 없었다.

그리고 그건 메구미도 똑같은 듯했다.

"알았어요. 부회장 제안은 받아들이도록 할게요."

"정말?"

"네. 학생회도 즐거워 보이니까. ……아, 하지만 만화연구부 쪽도 그만둘 순 없어요."

"물론이지."

이렇게 학생회에 새로운 멤버가 늘었다.

메구미의 강한 통솔력은 이번 선거전에서 증명되었다.

아야노를 상대로 선전했으니 부회장으로서의 소질은 충분하겠지.

"잘됐네, 후지모토."

"응."

만약 메구미가 선거에서 사퇴했다면 부회장 이야기도 거절했겠지.

아야노는 거기까지 내다보고 메구미와의 진검승부를 선택한 것이었다.

우수한 인재도 확보했고 이걸로 학생회도 걱정 없겠지.

"이걸로 일단 아야노의 용건은 끝."

"? 아직 뭔가 볼일이 남았나요?"

"응. 저 사람도 오니즈카에게 할 말이 있대."

"저 사람?"

아야노가 뒤를 돌아보았고 그 모습에 이끌려 메구미도 시선을 옮겼다.

옥상 입구에 서 있던 인물을 보고 그녀의 입이 떡 벌어졌다.

"나, 나오?!"

"안녕, 메구미."

가볍게 손을 올리면서 등장한 건 이누이 나오야였다.

안경을 벗은 맨얼굴에 어색한 미소를 띤 선배가 이쪽으로 다가왔다.

"어, 어떻게 나오가?"

"여기 오는 도중에 이누이 선배를 만났거든. 선배도 오니즈카를 찾고 있는 것 같아서 같이 왔어."

"그래요……?"

그래서 아야노의 이야기가 끝날 때까지 대기해주길 부탁했다.

특별히 레이디퍼스트였던 게 아니라 그가 할 이야기가 더 복잡해질 것 같아서 내린 판단이었다.

눈치 빠른 아야노가 뒤로 물러나고 대신 나오야가 메구미 앞으로 나왔다.

"메구미, 머리 잘랐네."

"아, 네에……."

"엄청 잘 어울려."

"네?! ……고, 고마워요……."

갑자기 헤어스타일을 칭찬받은 메구미가 당황했다.

자신을 찬 상대가 갑자기 나타났으니 혼란스러울 만도 하지.

"메구미의 연설, 들었어. 그래서랄까, 여러 가지로 납득이 안 돼서, 어쨌든 오해를 풀어야 할 것 같아서 여기로 온 거야."

"오해……?"

"그저께 도서실에서 있었던 일. 메구미는 나에게 차였다고 생각한 것 같지만 그런 게 아니었어."

"무슨 뜻이에요?"

"어울리지 않는다고 말했던 건 메구미가 한심하다는 의미가 아니었어. 오히려 반대로 나처럼 한심한 녀석은 메구미 같은 멋진 여자와는 어울리지 않는다는 거였지."

"그건……."

나오야의 독백에 메구미가 눈을 크게 떴다.

드디어 도서실에서의 일이 착각이었다는 걸 깨달은 모양이었다.

"……응? 하지만 그게 착각이었다는 건……."

그리고 그녀의 생각은 필연적으로 『또 하나의 사실』에까지 이르렀다.

메구미는 나오야의 말을 오해하고 '자신은 그의 안중에 없다'라고 착각했다.

안중에 없다는 게 착각이라면, 그 말은 역설적으로 그의 호감을 나타낸다. 그 사실을 깨달은 그녀가 순식간에 뺨을 붉혔다.

"메구미……."

"꺄, 꺄악?!"

"메구미의 연설을 듣고 깨달았어. 내 오해가 아니라면 메구미는 날 위해 학생회장이 되려고 한 거지? 미타니에게 차이고 우울했던 내가 교내 커플들을 보고 슬퍼하지 않도록."

"그건…… 하지만 결국 이루지 못했고……."

어두운 표정을 짓는 소꿉친구에게 나오야가 말했다.

"난 오히려 이뤄지지 않아서 다행이라고 생각해."

"네?"

"왜냐하면 난 메구미를 좋아하니까."

"네에?!"

"우울했을 때, 옆에서 위로해준 착한 네가 너무 좋아. 사실은 훨씬 전부터 널 사랑하고 있었어."

"나오……."

"그러니까 나랑 사귀어주세요!"

그건 점수를 매긴다면 100점 만점의 고백이었다.

드디어 그녀의 마음이 그에게 닿았고.

그 또한 오랫동안 전하지 못했던 마음을 전했다.

계속 어긋났던 두 사람의 끈이 하나로 이어져, 오니즈카 메구미의 첫사랑은 드디어 결실을 맺었다.

이제 그녀가 『YES』라고 답하기만 하면 끝.

그걸로 해피엔드를 맞이할 텐데―.

"……안 돼요."

"뭐?!"

메구미의 대답은 설마 하던 『NO』였다.

그녀의 마음을 알고 있는 케이키와 아야노도 그 대답에 놀라움을 숨길 수 없었다.

"어, 어째서?! 메구미, 내가 싫어?!"

"그런 건 아니지만…… 지금은 안 돼요."

"지금은……?"

"그게, 엄청 강하게 연애를 금지하겠다고 했는데 선거에서 패배한 직후에 남자친구를 만들다니, 응원해준 사람들에게 모범이 안 되잖아요……."

"아, 으응……뭐야, 그런 거였어……?"

거절당한 게 아니라는 걸 깨닫고 나오야가 가슴을 쓸어내렸다.

그 뒤에서 케이키도 '과연'이라고 납득했다.

"확실히 갑자기 오니즈카에게 남자친구가 생기면 반발이 생길지도 몰라."

연애 금지를 내걸었던 본인이 바로 연인을 만들면 메구미를 지지했던 학생들은 분개하겠지.

여기서 바로 커플 성립이 되는 건 좋은 일이 아닐지도 모른다.

그렇다면 문제가 되는 건 그 냉각 기간일 것이다.

"그럼 구체적으로는 언제가 되면 사귈 수 있어?"

"글쎄요……."

그녀는 작게 중얼거리다,

"2주 정도 지나면 사귈 수 있을 것 같아요."

커플 성립까지의 기간을 제시했다.

"2주라…… 생각보다 빠른 거 아니야?"

"아야노도 빠르다고 생각해."

"나도 솔직히 한 달 정도는 각오했는데."

"그, 그렇지만……!"

미온적인 시선을 보내는 세 사람에게서 시선을 돌리며 메구미가 토라진 듯 말했다.

"……그 이상은 내가 참을 수 없을 것 같으니까……."

"커헉?!"

그 순간 나오야가 자신의 가슴을 움켜쥐고 웅크렸다.

그를 덮친 건 강렬한 '흥분'이겠지.

당장 사귀는 건 안 되지만 장기간의 기다림은 참을 수 없다는 사랑스러운 소녀 메구미가 너무 귀여웠다.

"큰일이네, 오니즈카가 엄청 귀엽게 보여……."

"응, 나까지 부끄러워져……."

제삼자인 두 사람도 얼굴이 붉어질 정도의 달달함이었다.

지근거리에서 달콤함을 섭취한 나오야는 상당한 데미지를 입었을 것이다.

"연애를 금지하지 않아서 다행이지?"

"놀리지 말아요."

"뭐, 어쨌든 축하해, 오니즈카."

"아직 사귀는 건 아니지만……고마워요."

케이키에게 축복을 받고 쑥스러워진 메구미가 웃었다.

아야노가 차기 학생회장에 결정되고 메구미의 사랑도 성취됐다.

이걸로 정말 대단원.

해피엔드로 끝날 줄 알았는데 느닷없이 메구미가 이런 말을 내뱉었다.

"그러고 보니 나오는 왜 날 피한 거예요?"

"아, 그러고 보니 두 사람은 좀 삐그덕했었지."

그녀가 언급한 건 두 사람 사이가 복잡해진 원래의 이유.

그게 원인이 되어 서먹서먹해지고, 그렇게 거리가 멀어졌던 건데…….

"그건…… 메구미가 야한 책을 발견한 뒤로 왠지 어색해서……."

"네? 그런 걸 신경 쓰고 있었어요? 딱히 야한 책을 읽는 것 정도로 싫어지진 않아요."

"그러는 메구미도 날 피했잖아. 책이 원인이 아니라면 왜 피한 거야?"

"그건, 그야…… 나오가 갑자기 안경 같은 걸 쓰기 시작했으니까……."

"응? 안경?"

나오야가 교복 가슴 주머니에서 둥근 안경을 꺼냈다.

그리고 천천히 자신의 얼굴에 장착했다.

"안경이라면 이거?"

"꺄아아아아아아앙?!"

그걸 목격한 순간 메구미가 커다란 괴성을 질렀다.

예를 들자면, 귀여운 걸 좋아하는 회사원이 동물원에서 처음으로 진짜 판다를 본 것 같은, 어쨌든 굉장한 반응이었다.

"안경을 쓴 나오는 너무 위험하다고요오오오오오오오!!"

"메구미?!"

"오니즈카가 망가졌어……."

소꿉친구의 변신에 나오야가 경악했고 지켜보던 아야노도 어리둥절한 상태였다.

유일하게 이런 사태에 내성이 있는 케이키가 확인을 해보았다.

"혹시 오니즈카는……."

"그래요! 사실 난 중증 안경 페티시스트예요!"

"아……."

예상대로라고나 할까, 뭐랄까…….

아무래도 그녀도 '그쪽' 인간인 듯했다.

"만화 속 등장인물이나 연예인 중 안경 낀 남자를 사랑하는 게 삶의 보람이에요. 안경과 꽃미남 조합은 쌀밥과 된장국 2인조에 필적하죠."

"그건 정말 무적의 조합이네."

낫토와 절임이 있다면 한층 더 좋겠지.

상상했더니 먹고 싶어졌다.

"나오도 참, 안 그래도 멋있는데, 세련된 둥근 안경을 쓰기 시작했잖아요! 안경 애호가 입장에선 유혹이라고밖에 볼 수 없어서, 정말 너무 두근거려서 가까이에 있을 수가 없었어요!"

"그래서 이누이 선배에게서 거리를 둔 거야……?"

"야한 책이 원인이 아니었구나……."

이야기를 정리해보면 험악한 눈매를 감추기 위해 나오야가 쓰기 시작한 패션 안경이야말로 두 사람을 소원한 상태로 만들고 만 원인인 듯했다.

안경 페티시스트인 메구미에게 안경을 장착한 나오야는 자극이 너무 강했기 때문에 자연스럽게 그에게서 거리를 두게 되었고.

그리고 같은 시기에 숨기고 있던 야한 책을 메구미가 발견하는 사건이 발발.

그 어색함 때문에 나오야도 그녀에게서 거리를 두게 되고 말았다.

소원해진 원인을 두 사람은 각자 '상대가 서먹서먹해졌으니까'라고 이야기했지만 실제로는 꽤 보잘것없는 이유였다.

"요컨대 안경을 쓴 나오가 너무 존귀한 게 잘못이라고요!"

"메구미가 알 수 없는 이유로 화내고 있어……."

"안경이…… 안경이 날 이상하게 만들어요……."

"그럼 난 이제 안경을 안 쓰는 게 나으려나?"

"……."

그 제안에 메구미가 입을 다물었다.

그리고 가만히 시선을 옆으로 돌리며 말했다.

"……가, 가끔이라면 문제없어요. 때와 경우만 선택해준다면 저기…… 나도 인색하게 굴진 않을게요……."

"키스 타이밍을 신경 쓰는 소녀만화 속 여주인공 같네……."

대사만 잘라내면 심쿵할 게 뻔한 발언인데 실제로는 성벽을 커밍아웃하는 것뿐이었기 때문에 별로 와닿지 않았다.

"에헤헤, 역시 안경 쓴 나오는 멋있어요~."

눈에 하트마크를 새긴 채 이누이 선배를 바라보는 오니즈카.

소꿉친구를 사랑하는 그녀는 안경 쓴 남자를 보면 흥분하고 마는 극도의 안경 페티시스트였다.

◇

메구미의 성벽이 발각된 후, 케이키와 아야노 두 사람은 학생회실로 돌아왔다.

아이리와 어느샌가 여장을 한 린코와 합류한 후 선거 철거작업을 개시. 교내 게시판에 붙은 선거 포스터를 제거하러 돌아다녔다.

케이키는 아야노와 한 조가 됐고, 자신의 포스터를 부끄러운 듯 벗기는 아야노가 너무 귀여워서 마음속 앨범에 저장한 건 말할 것까지도 없었다.

그렇게 모든 작업을 끝내고 코트를 껴입은 4명이 학교를 나오자 밖은 완전히 어두워져 있었다.

"그럼 키류 선배, 아야노 선배 잘 바래다주세요."

"그래, 알았어."

"아야노 선배가 귀엽다고 집에 데려다주다가 덮치면 안 돼요. 그런 짓을 하면 내가 지옥으로 보내줄 거예요."

"무섭다, 무서워."

후지모토에 대한 나가세의 사랑이 너무 무거웠다.

그래도 집까지 바래다주는 걸 허락해주는 걸 보면 일단은 신뢰해주는 듯했다.

"아이는 내가 바래다줄 테니까 안심해."

"딱히 필요 없어. 여장한 남자랑 있는 게 더 위험하니까."

"너무한 거 아니야?!"

"그리고 거리낌 없이 아이라고 부르지 마."

"에이, 귀여운데."

평소처럼 대화를 나누면서 아이리와 린코로 구성된 1학년 팀이 집으로 돌아갔다.

"이러니저러니 해도 저 두 사람은 사이가 좋아."

"아마 마음이 맞는 것 같아."

"우리도 그만 갈까?"

"응."

케이키와 아야노도 집으로 돌아가기 위해 나란히 서서 걷기 시작했다.

좀처럼 눈이 내리지 않는 거리였지만 그래도 12월은 역시 추웠다.

옆에서 걷는 아야노도 드러난 뺨이 한기로 빨갛게 변했다.

"키류."

"응?"

"선거 도와줘서 고마워."

"아아, 별말씀을."

천천히 걸어가면서 그런 대화를 나누었다.

"새로운 부회장도 결정됐고 이걸로 후지모토의 비서 업무도 끝이네."

"키류만 괜찮으면 영구 취직해도 되는데."

"그건 사양할게."

케이키에겐 케이키의 생활이 있었다.

요즘은 도서 위원 당번도 계속 쉬었고 서예부에도 찾아가지 못했다.

계속 학생회만 도와줄 순 없었다.

"하지만 정말 도움이 많이 됐어. 키류에겐 보답을 해야 하

101

는데."

"아니, 괜찮아."

"그럴 순 없지. 노동에는 적절한 대가가 지급되어야 해. 키류가 원한다면 이 자리에서 팬티를 바칠 생각이야."

"안 바쳐도 돼. ……아니, 왜 치마를 올리는 거야?!"

걸어가면서 팬티를 바치려는 동급생을 서둘러 말렸다.

이런 길에서 속옷을 벗으면 그냥 안 끝날 것이다.

"그럼 키류의 소원을 뭐든 딱 하나만 들어줄게."

"뭐든?"

"뭐든. 내가 할 수 있는 거라면."

"뭐든……."

선택지가 무한대라서 오히려 좀 어려운데…….

순간적으로 머릿속에 떠오른 건 바니 의상을 걸친 아야노였다.

"……키류, 야해."

"아직 아무 말도 안 했는데……."

"지금 그 얼굴, 분명 야한 생각을 하는 얼굴이었어."

"나쁜 생각은 안 했거든! 후지모토는 바니복이 잘 어울릴 것 같다고 생각한 것뿐!"

"바니복은 충분히 저속하다고 생각해."

"진짜냐……?"

바니복은 저속한 것인 모양이었다.

서예부 부원들은 전부 착용 경험이 있는데…….

변태들에게 너무 둘러싸여 있어서 감각이 마비된 걸지도 모른다.

"하지만……."

"응?"

"키류가 보고 싶다면 입어줄 수도 있어."

"진짜……?"

솔직히 보고 싶지 않다면 거짓말이겠지.

다만 여자 동급생에게 그런 부탁을 하는 건 인간으로서 좀 그런 것 같아.

"뭐, 소원에 대해서는 일단 생각해볼게."

애초에 보답을 바라고 도와준 건 아니었다.

일단 보류해두고 뭔가 떠올랐을 때 사용하는 것도 괜찮 겠지.

"그래도 키류, 계속 날 도와주기만 하는데 괜찮아?"

"뭐가?"

"다음 주부터 기말고사잖아."

"……뭐?"

불온한 단어에 발이 멈췄다.

"미안, 후지모토…… 한 번 더 말해주면 안 될까?"

"다음 주부터 기말고사라고."

"맙소사……."

그래, 12월은 1년 중에서 가장 바쁜 달.

그건 학생에게도 예외는 아니었다.

크리스마스에 정월 연휴, 마음 설레는 이벤트가 가득한 12월이지만 그전에 뛰어넘어야 할 시련이 기다리고 있었다.

"큰일 났네…… 공부를 하나도 안 했는데……."

선거를 도와주느라 바빠서 전혀 준비하지 못했다.

게다가 기말고사는 중간고사보다 범위가 넓었다.

이대로라면 최악의 경우 낙제도 가능했다.

이렇게 됐다면—

"후지모토! 나한테 공부를 가르쳐줘!"

후지모토 아야노는 시험만 치면 학년 10위 이내에 드는 수재였다.

공부에 있어서 이만큼 믿음직한 인물은 따로 없었다.

이렇게 궁지에 몰린 케이키는 바로 『아야노 소원권』을 사용해버리고 말았다.

선거 다음 날, 토요일 아침 9시.

여동생인 미즈하와 아침을 먹은 케이키는 자기 방으로 돌아가 책상을 마주하고 있었다.

교과서와 노트를 펼치고 컵 받침 위에는 커피가 든 머그컵.

물론 우유와 설탕을 배제한 블랙커피로 졸음 대책에도 만전을 다했다.

"좋아, 해볼까……?"

애용하는 샤프를 손에 들고 우선 세계사 문제에 몰두했다.

아야노에게 공부를 봐달라고 약속을 했지만 그녀가 오는 건 오후.

그때까지는 혼자 시험에 대한 대책을 세워야 했기에 암기가 중요한 과목만 선행 학습할 생각이었다.

"아무래도 상관없지만 왜 귀족이나 정치가 중에선 민중에게 강압 정치를 휘두르다 자멸하는 사람이 많을까……."

너무 많은 세금을 부과하면 폭동이 일어나는 건 자명할 텐데.

현대사회에서도 지위가 있는 인물의 금전 문제가 뒤를 끊이지 않는 걸 보면 인간이란 과거의 실패에서 아무것도 배우지 못하는 생물일지도 모른다.

시험 전에 서둘러 공부하기 시작한 자신도 비슷한 존재인

105

것 같다고 생각하면서 시험 범위 문제를 머리에 주입시켰다.

묵묵히 공부에 임하고 있는데 똑똑 문을 노크하는 소리가 들렸다.

"오빠, 들어가도 돼?"

"들어와."

허가가 떨어지자 실내복을 입은 미즈하가 얼굴을 내밀었다.

"오빠한테 손님이 찾아왔어."

"손님?"

누구지?

아야노가 오기에는 너무 빠른 시간인데.

미즈하 옆에서 그 손님이 모습을 보였다.

블라우스에 롱스커트라는 친숙한 차림으로, 가방을 어깨에 걸친 채 손에 든 코트와 함께 등장한 건 우리 서예부의 부장님이었다.

"사유키 선배?"

"안녕, 케이키. 너의 암컷 노예가 만나러 왔어."

"아침 일찍부터 터무니없는 인사를 하시네요."

여동생 앞에서 무슨 소릴 하는 거야, 이 변태는.

"그래서, 오늘은 무슨 일로 오신 거예요?"

"케이키가 여러 가지로 쌓여서 곤란하다는 말을 들었거든. 내가 온몸을 바쳐 가르쳐주려고."

"쌓여있는 건 시험 범위 내 문제집인데요."

일일이 야하고 외설스러운 말을 꺼내지 말았으면 좋겠다.

"아니, 가르쳐주다니, 공부를요? 사유키 선배가?"

"어머, 이래 보여도 나도 성적은 우수해."

"그러고 보니 그랬죠."

토키하라 사유키는 재녀다.

평소 행실이 좀 그래서 잊고 있었지만 서예와 공부에 관해서는 엄청나게 우수한 인물이었다.

"애초에 어떻게 사유키 선배가 저의 현재 상태를 알고 있는 거예요?"

"후지모토가 트윗을 올렸거든."

"후지모토가 트위터를 해요?!"

예상 밖의 새로운 사실을 발견했다.

"자, 이거야."

사유키가 자신의 스마트폰 화면을 보여주었다.

거기에는 『내일은 친구 K의 집에서 공부를 하기로 했습니다. 기대돼요♪』라는 트윗이 실려 있었다.

참고로 계정명은 『아야논』.

"이 별명, 마음에 들었나 보네……."

학생회 멤버들 중에서도 린타로밖에 부르지 않는 희귀한 별명인데.

K라는 건 『키류』를 말하는 게 틀림없었다.

"케이키랑 공부라니, 너무 부러워……가 아니라 후배의 성적이 걱정돼서 상황을 보러 왔지."

"진심이 감춰지지 않는 것 같은데요."

"내 눈에 흙이 들어가기 전까진 다른 암컷과의 SM 플레이는 용납 못 해."

"그런 걸 원하는 건 사유키 선배밖에 없거든요……. 뭐, 서서 이야기하는 것도 좀 그렇고, 일단 들어오세요."

"실례할게."

웬일인지 기분 좋아 보이는 사유키가 가벼운 발걸음으로 방 안으로 들어왔다.

"그럼 난 내 방에 있을게."

그렇게 말한 후 미즈하는 뭔가 생각났다는 듯 말을 덧붙였다.

"공부하는 건 좋지만 방에서 이상한 플레이는 하지 마."

"안 해."

"걱정 마. 아무리 나라도 미즈하가 있는데 보건체육 실기 지도 같은 건 안 할 테니까."

"그건 굳이 미즈하가 없어도 하지 마세요."

"정말 괜찮을까……?"

여동생이 가만히 의심의 눈초리를 보냈다.

평소 행동이 평범하진 않았으니 전혀 신용할 수 없는 사유키였다.

불안해하면서도 미즈하는 자신의 방으로 돌아갔고, 케이키도 방문을 닫고 '하아' 하고 한숨을 내쉬었다.

왠지 엄청난 피로가 몰려왔지만 얼마 남지 않은 시간을 헛되이 보낼 순 없었다.

책상에선 함께 공부할 수 없기 때문에 교과서를 낮은 테이블로 옮기고 쿠션을 놔둔 뒤 마주 앉았다.

"케이키에게 불안한 과목은 뭐야?"

"이번에는 수학이에요."

그런 느낌으로 단둘이 하는 공부가 시작됐다.

기본적으로는 각자가 자기 공부를 하면서 케이키가 막히면 사유키가 푸는 방법을 가르쳐주는 시스템이 채용되었다.

(처음에는 걱정됐지만 제대로 가르쳐주는구나…….)

생각보다 사유키는 얌전했다.

미즈하가 집에 있다고 해도 가벼운 성희롱 정도는 당할 거라고 생각했기 때문에 맥이 빠졌다.

(이렇게 보면 사유키 선배는 정말 미인인데…….)

사유키는 모두가 인정하는 미소녀로, 피부는 눈처럼 새하얗고 긴 흑발은 윤기가 나며 믿을 수 없을 정도로 스타일 또한 좋았다.

그러니 본성을 알고 있다고 해도 이렇게 둘이 있으면 두근거리게 된다.

"케이키, 샤프 쥐는 방법이 틀렸어."

"그런가요?"

"너무 엉망이야. 기품도 없고, 상대방에 대한 무시라고 여겨져도 어쩔 수 없을 정도의 레벨이야."

"그 정도예요?"

샤프 쥐는 법 같은 건 신경 쓴 적도 없지만 붓의 프로가 그렇게 말한다면 그럴지도 모르지.

"어쩔 수 없지. 샤프를 쥐는 올바른 방법을 가르쳐줄게. 잠깐 쥐봐."

"아, 네."

손을 내밀어 맞은편에 앉은 사유키에게 애용하는 샤프를 건넸다.

그러자 그녀는 손에 든 샤프를 바라보며 뭔가 흥미진진한 듯 검품을 시작했다.

"후훗. 케이키의 이거, 엄청 단단하네."

"그야 샤프니까요."

당연한 소릴 왜 하는 거지?

"꽤나 훌륭한데. 이거 봐, 다른 거랑 비교하면 이렇게나 굵어……."

"그렇게 디자인된 거예요."

"우리 반 남자애들 거랑 비교해도 굵은데."

"샤프 말하는 거 맞죠?!"

"여기 잘 봐. 끝부분은 섬세한 부분이니까 이런 느낌으로 부드럽게 위로하듯 쥐는 게 포인트야."

"이미 손짓이 야하거든요!"

감촉을 확인하듯 쓰다듬고, 살짝 쥔 뒤 위아래로 문지르는 그녀. 이미 문구를 다루는 동작이 아니었다.

"어머, 심이 부러졌네. 그럼 잘 풋풋 해보자~♪"

"그 의성어는 너무 이상하다고요!"

역시 토키하라 사유키는 변태였다.

즐거운 듯 노크 부분을 달각거리며 샤프심 발사를 재촉하는데, 완전히 다른 무언가를 그렇게 하고 있는 것처럼밖에 보이지 않았다.

집중이 안 돼서 샤프는 돌려받았다.

"그러고 보니 다음 학생회장, 후지모토로 결정됐다며."

"맞아요. 덕분에."

"케이키의 양다리 의혹이 거론됐을 땐 어떻게 될지 걱정됐는데 무사히 취임하게 된 것 같아 다행이야."

"역시 연애 금지 공약은 너무 심했다는 거겠죠."

결국 메구미에게 투표한 사람은 30%를 채우지 못했다.

지지율로는 40% 근처를 유지하고 있었지만 투표수가 적었던 건 막상 투표 단계에서 냉정해진 학생들이 많았다는 뜻이겠지.

결국 모두 멋진 연애를 동경하고 있는 것이다.

"솔로에게 교내에서 다정한 시간을 보내는 커플은 눈엣가 시겠지만, 그걸 보고 짜증 내는 건 반대로 선망한다는 증거니까요."

"확실히 아키야마랑 꽁냥꽁냥 지내는 오오토리를 보면 부럽긴 해."

"동감이에요."

"정말 부러워. 분명 밤마다 야외에서 산책 플레이를 하고 있겠지."

"그건 아닐걸요."

어느 세상에 밤마다 산책 플레이를 반복하는 커플이 있는 거야?

—그리고, 그때.

무슨 생각인지 갑자기 사유키가 자리에서 일어나 테이블 옆을 지나 케이키 옆자리로 이동했다.

그녀는 제 세상인 양 옆에 앉아 그대로 후배의 어깨에 자신의 어깨를 붙였다.

"흐흥, 오랜만에 보는 케이키~."

"사, 사유키 선배?"

"왜?"

"아니, 저기…… 공부는요?"

"어머, 안 돼? 후지모토에게는 얌전히 안겼으면서?"

"그러고 보니 그런 스캔들도 있었네요……."

학교 복도에서 아야노가 『충전』되고 있던 모습을 쵸노에게 도촬당해 시호와의 사진과 함께 공개되어 큰 문제가 되었다.

당연히 그 소문은 사유키의 귀에도 들어갔을 것이고…….

몸을 뗀 상급생이 눈을 치켜뜨고는 케이키를 바라보았다.

"……그렇게 후지모토가 좋아?"

"네?"

"공부 때문에 곤란해졌을 때도 나에게는 부탁하지도 않고……."

"선배?"

"나도 머리 좋은데……."

그렇게 말하며 외면하는 선배.

그런 그녀의 뺨은 살짝 부풀어있었다.

"혹시 사유키 선배, 실은 기분 안 좋아요?"

"그야 케이키가 선거가 끝난 뒤에도 전혀 부실에 찾아오질 않았잖아. 아무리 충견인 나라도 토라지게 된다고."

"아─, 선거 뒤에 정리할 게 있어서."

"또다시 학생회에 케이키를 뺏기는 줄 알고 불안했어."

"사유키 선배……."

그러고 보니 전에도 비슷한 일이 있었다. 빚의 담보로 케이키가 임시 임원이 됐을 때 생각 이상으로 학생회에 익숙해졌고, 그게 원인이 되어 사유키와 싸우게 됐었다.

그래서 오늘은 일부러 집까지 확인하러 온 거겠지.

"뭐, 후지모토에게는 부회장이 되지 않겠냐는 느낌의 권유를 받긴 했지만요."

"이거 봐, 역시?!"

"하지만 거절했어요."

"정말?"

"후지모토도 부회장은 오니즈카로 결정한 것 같고."

"뭐? 그 아이가 부회장이 되는 거야? ……그건 괜찮아?"

"더 이상 연애 금지라는 말을 꺼내지 않을 테니 괜찮을 거예요. 그 뒤에 바로 남자친구가 생겼거든요."

"그래?"

메구미와 나오야는 이번에 해피엔딩을 맞이했다.

정확하게는 앞으로 2주 동안 소꿉친구 관계로 남겠지만 실질적으로 이미 사귀고 있는 것과 마찬가지였다.

"뭐, 그건 그렇다 치고. 케이키는 애완견을 외롭게 만든 일에 대해 성의를 보여야 한다고 생각해."

"주인이 된 기억은 없는데요……."

그래도 이번 선거에서는 케이키의 방해를 하지 않고 얌전히 지켜봐주었다.

지금까지 이 사람 저 사람 관계없이 질투하고 폭주했던 그녀로서는 잘 참았다고 생각한다.

그 공적을 기려서 다소라면 응석을 받아줘도 괜찮지 않을까.

"사유키 선배."

이름을 부르며 그녀에게 손을 내밀었다.

그 이후 애견을 칭찬하듯 부드럽게 머리를 쓰다듬었다.

"신경 못 써줘서 미안해요."

"흐, 흠……. 사과하는 것 정도로는 용서 안 해줄 거야."

"뭘 원해요?"

"그야 남녀가 방에 단둘이 있으면—."

야릇한 미소를 띠며 도발하듯 사유키가 말했다.

"할 건 하나뿐이잖아?"

◆

키류네 집. 자기 방에서 책상을 마주하고 앉은 미즈하가
공부를 하던 손을 멈췄다.

"……후우, 좀 쉬자."

팔을 올려 그대로 '으음—' 하고 기지개를 켜며 지친 몸을
풀었다.

그 이후 시선을 벽 쪽—오빠의 방이 있는 쪽으로 향했다.

"오빠는 괜찮으려나……."

손님을 집에 들인 후 자신의 방으로 돌아와 시험공부를
진행했던 미즈하였지만 아무래도 옆방의 상황이 신경 쓰여
서 참을 수가 없었다.

"나도 있으니까 역시 이상한 짓은 안 하겠지만……."

하지만 오늘 손님은 토키하라 사유키.

서예부에서 가장 성욕을 주체 못 하는 변태였다.

사랑스러운 오빠가 그녀의 독니에 물리진 않을지 걱정이었다.

"잠깐 상황을 보고 올까……?"

어쨌든 이대로는 공부에 집중 못 할 것 같았다.

저쪽도 슬슬 쉴 시간이니까 음료수를 갖고 가는 김에 상황을 보고 와야지.

그렇게 결심하고 자리에서 일어난 미즈하는 허둥지둥 방을 나섰다.

우선 차를 끓이기 위해 1층 주방으로 향하려고 오빠 방 앞을 지나갈 때였다.

"―아……앙…… 케이키…… 아, 안 돼……."

"응?"

희미하게 들리는 목소리에 자신도 모르게 걸음을 멈췄다.

작긴 했지만 지금 그 목소리는 사유키가 내뱉는 것이 틀림없었다.

상기된 듯한 그 목소리는 명백하게 평소에 내는 게 아니었다.

"……."

의심스럽게 생각된 미즈하는 오빠의 방으로 살며시 다가

가 방 안의 대화를 훔쳐듣기 위해 문에 귀를 댔다.

"—사유키 선배, 꽤 쌓인 거예요?"

"—그, 그게…… 요즘 뜸했으니까……."

쌓였다고?

뜸했다고?

그건 혹시…….

"—으응?! 그, 그건, 갑자기 너무 깊어……! 너무 기분 좋아서 이상해질 것 같아……!"

"?!"

들려오는 교성에 말이 막혔다.

"이, 이건 설마……."

마치 참기 어려운 쾌락에 미쳐버린 것 같은, 궁지에 몰린 소녀의 목소리에 안에서 이뤄지고 있는 정사를 상상하며 미즈하가 뺨을 붉혔다.

"—하읏?! 그 이상은…… 아, 안 돼에에에에에에엣!!"

"잠깐, 두 사람 다 뭐 하는— 윽?!"

이 이상 두 사람의 난동을 용서할 순 없었다.

문을 열며 참지 못하고 방으로 뛰어든 미즈하.

거기서 그녀는 결정적인 현장을 목격하고 말았다.

"귀…… 청소?"

방 안에서는 오빠가 사유키의 귀를 청소해주고 있었다.

왜 귀를 청소해주는지 전혀 알 수 없었지만 어쨌든 그는 손에 들고 있던 귀이개로 그녀의 귀를 청소해주고 있었다.

쿠션 위에 앉은 케이키와 그 무릎에 머리를 얹은 사유키가 함께 멍한 눈으로 미즈하를 바라보았다.

"……."

여러 가지로 착각했다는 걸 깨달은 순간, 미즈하 안에서 초조한 감정이 차가운 분노로 승화되었다.

"……오빠."

"네."

"공부는?"

"죄송합니다……."

그 이후 오빠가 정좌한 채 공부를 하게 된 건 말할 것까지도 없었다.

◇

분노 모드인 미즈하와의 어색한 점심시간을 끝내고 방으로 돌아온 케이키는 이어서 공부를 하고 있었다. 약속 시간인 오후 1시에 아야노가 찾아왔다.

코트를 걸치고 타이츠에 치마를 조합한 아야노는 마중을 나온 케이키에게 가볍게 인사했다.

"실례합니다."

"어서 와, 후지모토……."

살짝 야윈 케이키를 보고 그녀는 이상한 듯 고개를 갸웃거렸다.

"키류, 피곤해?"

"뭐, 살짝……."

오전 중 여동생을 화나게 해 무릎을 꿇은 채로 공부했다고는 말할 수 없었다.

"일단 내 방으로 갈까?"

"아, 응……."

손님에게 슬리퍼를 제공하고 함께 2층으로 올라갔다.

아무런 의문도 없이 방으로 불러들였지만 들어가자마자 아야노가 걸음을 멈췄다.

"……응?"

"왜 그래?"

"이 방에서 여자 냄새가 나……."

"아, 방금까지 사유키 선배가 있었으니까."

"……흐—음?"

역시 냄새 페티시스트 변태녀.

방에서 감도는 사유키의 냄새를 맡은 듯했다.

그러고 보니 전에 미즈하에게도 비슷한 지적을 받은 적이 있는 걸 보면 여자들은 냄새에 민감할지도 모른다.

"아야노 전에 다른 여자랑 즐겼구나……."

"그냥 공부한 것뿐이거든."

사유키의 간절한 희망으로 귀 청소 플레이도 했지만 일단 입을 다물기로 했다.

케이키가 앉자 아야노도 입고 있던 코트를 벗고 맞은편 쿠션 위에 앉은 뒤 가방에서 부지런히 공부 도구를 꺼냈다.

"그러고 보니 키류는?"

"있어. 자기 방에서 공부하고 있어."

미즈하는 평소부터 성적이 좋았다.

아야노 같은 톱 레벨은 아니라도 학년에서도 그럭저럭 상위에 이름이 실리는 정도.

참고로 마오의 성적은 케이키와 비슷하다.

시험공부는 벼락치기로 정리하는 점도 똑같고, 그리 나쁘진 않지만 좋다고도 할 수 없는 중간층이다.

원고 시간을 확보하기 위해 낙제를 받을 순 없다는 게 그녀의 변명이었다.

"미안해, 후지모토도 자기 공부가 있을 텐데."

"신경 쓰지 마. 난 평소에도 공부하고 있고 이건 비서로서 도와준 보답이기도 하니까."

"그래?"

"······게다가 나에게는 이익이기도 하고."

"이익?"

"아무것도 아니야."

"응? 그럼 사양 않고 열심히 배울게."

"자, 한번 덤벼봐."

부회장 아니, 새 학생회장이 가슴을 팡팡 쳤다.

음담패설로 방해했던 사유키와는 달리 그녀에게는 중간고사 때 공부를 봐준 실적이 있었다. 보답으로 체취를 요구할 것 같아 약간 불안했지만 이번에야말로 집중해서 몰두할 생각이었다.

친절을 받아들여 바로 공부를 개시했다.

테이블에 교재를 펼치고 단순한 암기가 통용되지 않는 수학과 물리를 중점적으로 배웠다.

배우는 게 처음은 아니지만 아야노의 지도는 역시 대단했다.

모르는 곳은 그냥 정답만 가르쳐주는 게 아니라 힌트를 내서 넌지시 해답으로 유도하고 공식을 응용하는 요령을 가르쳐주기도 했다.

"응, 역시 후지모토의 설명은 알기 쉬워."

"도움이 돼서 다행이야."

솔직한 감상을 전하자 기쁜 듯 아야노가 미소 지었다.

"나, 장래에 학교 선생님을 목표로 해볼까?"

"선생님?"

"응. 공부를 가르쳐주는 게 좋거든."

"후지모토가 선생님이라."

시험 삼아 상상해봤다.

슈트 차림으로 교탁에 서서 학생들에게 공부를 가르쳐주는 아야노의 모습을.

"왠지 잘 어울리는데."

"그래?"

"후지모토는 잘 가르쳐주니까 어울릴 것 같아."

"고마워."

실제로 그녀에게 배웠던 중간고사에서는 점수가 향상됐었다.

다른 사람을 배려할 수 있는 상냥함과 누굴 상대로든 차별 없이 대하는 붙임성 좋은 모습도 교사라는 직업과 잘 맞을 것 같았다.

"후지모토는 굉장해. 난 장래의 일 따위 전혀 생각 안 하고 있는데."

"그래?"

"굳이 말하자면 안정된 직업을 갖고 싶다 정도? 대기업이나 공무원 같은?"

"괜찮은 것 같아. 안정 지향."

"뭐, 어차피 공부를 안 하면 무리겠지만."

진학이든 취직이든 공부는 필요했다.

여러 가지로 먹고 살기 힘든 이 시대에 하고 싶은 일이 확실하다면 다르겠지만 시험에서 좋은 점수를 받아두는 것보다 나은 건 없었다.

"괜찮으면 앞으로도 내가 공부를 가르쳐줄게."

"뭐?"

"아야노에게 맡겨줘."

싱긋 웃는 얼굴로 가슴을 쭉 펴는 아야노.

정말 믿음직스러웠지만 솔직히 부탁하는 건 꺼려졌다.

"후지모토는 바쁘잖아? 학생회장이 됐으니까 일도 늘어날 거고."

"그 정도의 시간은 있어."

"그건 그래도, 너무 나랑 함께 있으면 후지모토가 좋아하는 사람에게 오해받지 않을까?"

"좋아하는 사람?"

"후지모토가 어제 연설에서 좋아하는 사람이 있다고 했잖아?"

"그렇게 말하긴 했지만……."

"그 사람한테 나와의 사이를 오해받으면 큰일이잖아?"

안 그래도 얼마 전 스캔들로 일세를 풍미하고 말았는데.

앞으로도 공부를 배우게 되면 교내에서도 함께 보내는 시간이 늘어나겠지.

그렇게 되면 아야노가 짝사랑하고 있다는 상대에게 이쪽 관계를 오해받게 될 가능성이 있었다.

"그럼…… 착각하게 해볼래?"

"뭐?"

맥락을 파악할 수 없는 의미 불명인 말을 내뱉고.

아야노는 앉아 있는 케이키 옆쪽으로 무릎걸음으로 다가와 그대로 찰싹, 연인에게 어리광 부리듯 여자친구 같은 자연스러운 허그를 감행했다.

"후, 후지모토……?"

"이런 모습을 보이면 남자는 착각하게 돼?"

"그, 그건…….."

아주 가까운 거리에서 건네는 질문.

하지만 그 문제에 답할 여유가 케이키에게는 없었다.

충전이라는 명목으로 마음껏 냄새를 흡입당하며 끌어안기는 데 익숙했던 케이키지만 지금 이 상황은 그것과는 결정적으로 달랐다.

충전이 아닌 애정을 표하는 듯한 포옹에 두근거림이 멈추질 않았다.

(이건 무슨 상황이지……?)

이 상황에서 누구에게 어떤 착각을 하게 만든다는 거야?

머릿속은 이미 패닉.

아야노의 의도도 알 수가 없고, 닿은 부분이 전부 다 부드럽고 여자의 엄청 좋은 냄새도 나고.

게다가 어딘가 즐거워 보이는 그녀의 미소가 너무 귀여워서 이상해질 것 같았다.

"어때? 착각할까?"

"너무 두근거려서 그런 생각을 할 때가 아닌데……."

"그럼 대성공."

"그게 무슨 뜻이야?!"

문제가 너무 난해해서 적용시켜야 할 공식이 뭔지 알 수가 없었다.

하지만 그녀는 만족한 듯 얌전히 몸을 뗐다.

생각지도 못한 해프닝에 타격을 받았지만 다시 정신을 차리고 이야기의 방향을 원래대로 되돌렸다.

"……뭐, 어쨌든. 이렇게 시험 전에 공부를 봐주기만 해도 고마운 일이니까 계속 배우는 건 사양할게."

"하지만 그건 보답으로선 좀 부족한데."

"나로서는 아주 충분하거든."

"내가 납득 못 해. 은혜를 원수로 갚는 건 학생회장의 불명예라고."

"나왔다, 후지모토의 완고한 그 성격."

이렇게 되면 그녀는 한 발자국도 물러나지 않는다.

얌전한 듯 보여도 비교적 완고해서 자신의 주장은 좀처럼 굽히지 않는 아야노였다.

"전속 가정교사가 불가능하다면 키류가 기뻐할 만한 기분 좋은 일을 해줄게."

"기분 좋은 일?!"

방심했을 때 날아든 폭탄 발언.

의미심장한 대사에 허둥지둥하는 동급생에게 아야노는 다시 발언에 박차를 가했다.

"키류를 위로해주고 싶어."

"그, 그건……."

좁은 방에 젊은 남녀가 단둘이.

그런 상황에서 여자가 해주는 기분 좋은 일이라는 건?

"키류한테 해주고 싶어……."

"……."

짐작이 가는 해답은 하나밖에 없었다.

◆

한편 그 무렵, 벽 하나를 사이에 둔 옆방에서는 시험 범위 복습을 끝낸 미즈하가 샤프를 내려놓고 있었다.

"……후우, 영어는 이 정도면 되려나?"

노트를 재검토하고 단어를 외우고 출제될 만한 예문도 거의 다 체크했다.

평소부터 수업을 진지하게 듣고 있기 때문에 시험공부는 가볍게 확인하는 정도로 충분했다.

이걸로 시험 당일도 문제없겠지.

"오빠도 공부 열심히 하고 있을까……?"

그렇게 중얼거리면서 미즈하는 시선을 오빠 방 쪽으로 옮겼다.

사유키와 교대로 지금은 동급생인 아야노가 오빠의 공부를 봐주고 있는데…….

"후지모토는 학생회 임원이니까 이상한 일은 안 생기겠지……?"

외모 수려.

성적 우수.

품행 방정.

우등생을 그림으로 그려놓은 듯한 여학생.

그게 후지모토 아야노라는 소녀였다.

초라는 말이 붙을 정도의 우등생이 오빠의 공부를 봐주는 건 정말 고마운 일이었다.

고마운 일이지만―.

"오빠를 묘하게 마음에 들어 하는 것 같았는데……."

자신 안에 있는 연애 센서가 삑삑 반응하고 있었다.

아야노가 케이키에게 보내는 시선이 사유키를 비롯한 서예부 멤버들이 보내는 그것과 똑같다는 걸 미즈하는 느꼈다.

케이키를 짝사랑하고 있는 미즈하에게는 아야노 또한 귀찮은 라이벌.

"……좋아, 잠깐 방에 실례해볼까?!"

요주의 인물인 여자가 오빠와 단둘이 방에 있었다.

이미 체면 따위 신경 쓸 때가 아니었다.

아야노와는 체험학습 중 함께 목욕을 한 사이니까 동급생인 손님에게 인사를 안 하는 것도 이상하겠지.

그런 핑계를 떠올리며 미즈하가 부리나케 자신의 방을 뒤로 했다.

오빠의 방 앞에서 걸음을 멈추고 노크를 하려던 그때―.

"―아…… 후, 후지모토…… 난, 이제…… 이제……."

"?!"

미즈하의 귀에 괴로운 듯한 오빠의 목소리가 들어왔다.

상황을 파악하기 위해 사유키 때처럼 문에 귀를 댔다.

"―아앗?! 후지모토…… 거기는……?! 크윽! 아, 아파…… 하지만 아픈 게 기분 좋아……!!"

"오빠?!"

차마 못 들은 척할 수 없는 말이 날아들었고 미즈하의 말문이 막혔다.

아프지만 기분 좋다니, 오빠의 괴로워 보이는 목소리 속에 왠지 기뻐하는 것 같은 달콤한 울림이 포함되어 있는 걸로 살피건대 이건 분명―.

(후지모토가 오빠를 덮치고 있어?!)

이게 무슨 일이지?

자신이 묵묵하게 영어 복습을 하고 있는 동안 옆방에서는 파렴치한 연회가 펼쳐지고 있었다.

(후지모토가 도S였나……?)

오빠의 다급한 목소리에서 무엇인가 특수 플레이에 의해 그녀에게 심하게 공격받고 있다는 걸 상상할 수 있었다.

그 추측이 맞는다면 아야노는 유이카와 같은 계통의 변태라는 뜻이 된다.

—아니, 지금은 그런 생각을 하고 있을 때가 아니야.

이대로라면 오빠가 새로운 세계의 문을 열게 된다.

그가 M에 눈을 뜨기 전에 구출해야 했다.

"윽, 오빠!"

가만히 있을 수 없어서 미즈하는 다시 오빠의 방으로 뛰어 들어갔다.

"……응? 미즈하?"

"키류?"

거기서 본 건 멍한 표정을 짓고 있는 케이키와 아야노.

두 사람이 있는 곳은 침대 위가 아니라 평범한 카펫 위.

그럼 대체 뭘 하고 있었냐 하면, 쿠션 위에 앉은 케이키의 어깨를 아야노가 부지런히 주무르는 중이었다.

"……마사지?"

오빠의 방에서 전개되고 있던 건 SM 플레이가 아니었다.

그저 단순히 아야노가 케이키를 마사지하고 있었던 것뿐이었다.

"……오빠."

"네."

"공부는?"

"정말 죄송합니다."

결국, 그날 케이키는 온종일 무릎을 꿇은 채 공부하게 되었다.

◇

월요일 점심시간.

점심을 먹은 케이키는 아야노와 만나 둘이 부실 건물로 향했다.

"불러내서 미안해."

"괜찮아. 나도 코하루 선배한테 인사를 하고 싶었으니까."

옆에서 걷는 아야노는 케이크 가게에서 자주 볼 만한 종이 상자를 들고 있었다.

선거 때 코하루와 쇼마에게 도움을 받은 보답으로 아야노가 애플파이를 만들어왔고 그걸 건네러 가는 길이다.

아야노의 수제 애플파이는 일품이니까 두 사람도 기뻐해 주겠지.

오늘 시험 분위기 등을 이야기하면서 계단을 올라 부실 건물 3층, 천문부 부실에 도착했다.

똑똑 가볍게 노크하고 케이키는 부실 문을 열었다.

"실례합니⋯⋯다?"

하지만 인사 도중에 굳어버렸다.

천문부 부실에서는 뭐라고 형용하기 힘든 광경이 펼쳐지고 있었다.

"착하다, 착해. 쇼마는 응석꾸러기네요~ ♪"

"응애응애~ ♪"

부실 안에서 한 커플이 특수한 플레이를 즐기고 있었다.

너무 구체적으로 묘사하고 싶진 않지만 연인의 무릎에 머리를 대고 아기로 변한 쇼마에게, 엄마 역할을 맡은 코하루가 도시락을 먹이고 있던 것이다.

"……."

"……."

그 모습을 본 케이키와 아야노는 자기도 모르게 얼어버리고 말았다.

상도를 벗어난 이상 사태에 표현할 말을 찾을 수 없었다.

(터무니없는 장면과 맞닥뜨리고 말았어…….)

다수의 아수라장을 빠져나온 케이키도 이 세계는 아직 미경험 상태였다.

못 본 걸로 하고 그냥 물러나려는데 철저하게 아기로 변한 쇼마와 정확하게 시선이 마주쳤다.

"케, 케이키?! 후지모토까지?!"

"저기…… 신고 번호가 몇 번이더라?"

"신고하지 마!!"

"미안. 너무 충격적이라……."

설마 친구와 그 여자친구가 아기 플레이에 즐거워하고 있을 줄은 몰랐다.

꺼낸 스마트폰은 일단 주머니에 다시 집어넣었다.

"얼마 전에는 여동생 플레이를 시키는 것 같더니 이번에는 아기 플레이일 줄이야. 쇼마가 점점 먼 존재로 변하고 있어."

"아니, 이건 코하루가 먼저 말을 꺼낸 거였어."

"코하루 선배가?"

"아, 네에……."

사정을 이해하지 못한 케이키에게 코하루가 설명을 덧붙였다.

"아사히 씨랑 유우히 씨가, 커플이 오래도록 원만하게 지내려면『자극』이 필요하다고 하셔서."

"누나들이 알려준 지혜였다니……."

언니인 아사히와 여동생인 유우히.

남동생인 쇼마를 무턱대고 사랑하는 아키야마가의 미인 쌍둥이 자매였다.

그녀들은 쇼마와 사귀게 된 코하루도 좋아했는데 너무 귀여워한 나머지 쓸데없는 조언까지 하고 있는 듯했다.

"코하루 선배, 그 두 사람이 하는 말을 진지하게 받아들이지 않는 게 좋아요. 평범한 커플은 아기 플레이 같은 건 안

한다고요."

"그런가요?"

"솔직히 말해서 아기 플레이는 꽤 편집적이라고 생각해요."

"그, 그렇군요……."

열심히 감탄하고 있는 자그마한 상급생.

그 모습에 왠지 마음이 누그러지게 됐다.

이야기가 정리될 쯤 쇼마가 옆에서 끼어들었다.

"아니, 잠깐만……."

"응?"

"로리 마마한테 아기 취급받는 거…… 생각보다 나쁘지 않아."

"경찰 아저씨, 이 녀석이에요!"

로리콘이 무언가에 눈을 뜬 것 같았다.

쇼마는 이미 늦은 걸지도 모르겠다.

"그런데 키류, 오늘은 무슨 용건으로 온 거예요?"

"아아, 그랬지."

아기 플레이의 충격 때문에 원래의 목적을 잊고 있었다.

"후지모토."

"응."

케이키의 재촉에 아야노가 앞으로 나왔다.

그리고 손에 들고 있던 종이 상자를 코하루에게 내밀었다.

"제가 구운 애플파이예요. 선거 때 두 사람에게 신세를 졌으니까."

"와아, 고마워요. 애플파이 엄청 좋아하는데."

"식후 디저트로 드세요."

"그럼 바로 잘 먹겠습니다."

"마침 점심도 다 먹은 참이니까."

"후후후, 이런 일도 있을 것 같아 포크는 상비하고 있답니다."

들뜬 마음으로 받아든 종이 상자를 테이블 위에 올려놓은 코하루.

내용물을 확인한 그녀가 '오오'라는 감탄의 소리를 높였다.

"이 파이, 정말 후지모토가 직접 만든 거예요?"

"대단하다. 이대로 가게에서 팔아도 될 것 같아."

상자 속에는 두 조각의 파이가 깔끔하게 담겨 있었다.

바로 코하루가 접시 등 식기를 준비해 포크로 잘린 파이를 쇼마에게 내밀었다.

"쇼마. 여기, 아―앙."

"아―앙……우물우물……우와, 이거 뭐야? 엄청 맛있어!"

"나에게도 주실래요?"

"물론이지. 자, 아―앙."

"아―앙……우물우물……헉?! 이건 혀가 녹아내릴 정도로 맛있어요!"

아야노가 만든 일품 애플파이의 완성도에 두 사람의 텐션이 자꾸 올라갔다.

그런 식으로 꽁냥대는 두 사람을 케이키가 기가 막힌다는 얼굴로 보고 있었다.

"이 녀석들, 우리가 있는데 '아─앙' 같은 걸 하고 있어……."

"응, 굉장히 대담하네."

"오랫동안 커플로 지내다 보면 더 이상 주변의 눈 같은 건 신경 안 쓰게 되는 건가."

"하지만 엄청 즐거워 보여."

"그러게."

애플파이를 서로 먹여주는 두 사람은 즐거워 보였다.

만약 선거에서 메구미가 당선됐다면 교내 커플들이 이런 식으로 지내는 일은 불가능해졌을지도 모른다.

이 광경은 아야노가 꼭 지키고 싶었던 것이었다.

기쁜 듯 두 사람을 지켜보는 그녀의 옆모습을 보면서 케이키도 미소 지었다.

"역시 연애는 좋구나……."

아주 행복한 커플을 바라보며 생각했다.

언젠가 이렇게 함께 시간을 보낼 수 있는 파트너를 찾는 다면 그건 얼마나 멋진 일일까.

"나도 귀여운 여자친구를 갖고 싶어……."

오랫동안 잊고 있었던 감정.

쇼마와 코하루의 대화를 보며 귀여운 여자친구와 장밋빛

청춘을 보내고 싶다는 소망을 떠올렸다.

◇

"케이키 선배, 시험은 어땠어요?"

기말고사 최종일 방과 후, 서예부 부실에 자리를 잡고 앉은 케이키에게 강아지처럼 달려온 유이카가 이야기를 꺼냈다.

"유이카는 이번에 꽤 자신이 있어요."

"나도 거의 벼락치기였던 것치고는 결과가 잘 나올 것 같아."

보람은 있었고 그럭저럭 점수도 잘 받을 것 같았다.

그러자 유이카의 반대편, 케이키의 왼쪽으로 사유키가 다가와서 말했다.

"내가 가르쳐준 덕분이지?"

"그때는 정말 감사했습니다."

귀 청소 일로 미즈하에게 혼난 후 사유키는 진지하게 공부를 가르쳐줬다.

시험 분위기가 좋았던 건 그녀와 아야노가 가정교사를 해준 덕분이었다.

"난 평소랑 비슷한 정도."

"미즈하도 문제없겠네."

맞은편에 앉은 미즈하도 무사히 시험을 끝낸 듯했다.

"그런데 마오 선배는……."

"아아, 난죠는……."

유이카와 케이키가 시선을 돌린 곳— 그곳에는 자리에 앉은 마오가 생기 없는 얼굴로 테이블에 엎드려 있었다.

"이번에는 성적이 상당히 안 좋을 것 같은데."

"왠지 그럴 것 같은 얼굴을 하고 있네요……."

"마오, 괜찮아?"

미즈하가 묻자 마오는 절레절레 고개를 가로저었다.

"전혀 괜찮지 않아…… 아마 낙제점에 아슬아슬…… 분명 마마한테 혼날 거야……."

"난죠는 엄마를 마마라고 부르는구나."

"좀 의외네요."

마마라는 호칭에 사유키와 유이카가 반응했지만 그건 그렇다 치고.

우울한 친구를 그냥 방치하는 건 차마 눈 뜨고 볼 수 없었기 때문에 말을 걸어보았다.

"아……걱정하지 마, 난죠. 하지만 딱히 낙제점을 받은 것도 아니잖아? 그렇다면 동인지 원고도 문제없을 거고 다음 시험에서 만회하면 되는 거 아니야?"

"……."

"아니, 왜……?"

격려를 해준 건데 웬일인지 힐끗 노려봤다.

불만을 농축시킨 듯한 시선을 보내며 마오가 오도카니 말했다.

"공부를 못 한 건 키류 때문이라고…….."

"뭐? 나?"

어쩌지? 전혀 짚이는 데가 없는데.

그녀의 성적과 자신 사이에 어떤 인과관계가 있다는 거지?

"내가 대체 뭘 했다는 건데?"

"……그거."

"뭐?"

"으, 그러니까!"

그녀에게 되묻자 마오가 얼굴을 새빨갛게 물들이며 외쳤다.

"키류의 거기가 머릿속에서 떠나질 않아서 공부에 집중 못 했다고!"

"""거기?!"""

그 임팩트 있는 한마디에 다른 3명의 여학생이 말을 잃었다.

"잠깐만, 난죠?! 너, 지금 대체 무슨 소릴 하는 거야?!"

체험학습 이후 마오와는 어색한 상태가 이어지고 있었다.

원인은 말할 것까지도 없이 체험학습 노천탕에서 일어난 큰 사건. 임전태세를 취한 남근을 그녀가 붙잡고 말았지만 케이키는 학생회 선거가 바빠서 그 문제를 뒷전으로 하고 있었다.

그게 돌고 돌아 이번 사태를 불러일으켰다.

"오빠? 어떻게 마오가 오빠의 거길 알고 있는 거야?"

"설마 케이키, 이미 어른의 계단을……?!"

"어떻게 된 건지 설명해주세요!"

"아니, 그렇게 물어봐도……."

설명할 수 있을 리가 없었다.

노천탕에서 반쯤 선 아들내미를 붙잡혔다는 말은 입이 찢어져도 할 수 없었다.

"오빠가 머뭇거리고 있어……."

"그렇다는 건 케이키의 처음은 이미……."

"마오 선배한테……?"

케이키의 애매한 태도를 곡해해서 멋대로 오해한 끝에 유이카와 일행들이 의혹의 시선을 마오에게 보냈다.

"아니, 역시 거기까지는 가지 않았는데……."

그 진술에 세 사람은 휴우 가슴을 쓸어내렸다.

"그럼 케이키의 처음은 무사하구나."

"안심했어요."

"다행이다. 오빠의 거기가 무사해서."

한때는 어떻게 될지 몰라 걱정했지만 일단 진정된 듯했다.

"사정은 잘 모르겠지만 난죠만 봤다는 건 불공평하지 않아? 여기선 공평하게 모두의 앞에서 벗어야 한다고 생각하는데."

"마녀 선배치고는 좋은 생각을 떠올린 것 같네요."

"그럼 다 같이 오빠의 바지를 벗겨줘야겠네."

"그만해!!"

사유키에 유이카, 미즈하 세 사람이 한발 다가왔다.

3명의 여학생에게 바지를 벗겨질 것 같은 능욕적인, 어떤 의미로는 늘 있는 광경이 펼쳐지던 그때―.

"……뭐 하는 거예요?"

서예부 부실에 냉담한 목소리가 울려 퍼졌다.

열린 문 앞에서 정색하며 서 있던 여학생은 오니즈카 메구미.

진귀한 손님의 등장에 3명의 변태가 변태 행위를 중단하고 시치미 떼는 얼굴로 케이키에게서 떨어졌다.

"오니즈카? 무슨 일이야?"

"후지모토에게 부회장 업무를 이어받아서 인사를 하는 김에 감사용 서류를 가지러 왔어."

"그랬구나."

"그것보다 복도까지 거기가 어쩌고저쩌고 하는 말이 들리던데……."

"못 들은 걸로 해줘."

"서예부는 역시 하렘이었다고 보고할게."

"그러지 마."

그런 보고를 올리면 또 서예부가 폐부 위기에 빠질지도 모른다.

케이키가 새로운 부회장을 상대하고 있는데 서류 케이스를 찾아낸 사유키가 다가와서 메구미에게 파일을 건넸다.

"자, 여기, 하반기 수지 보고서."

"감사합니다. 제대로 정리해주셔서 감사합니다."

"사유키 선배도 부비에 관해서는 트라우마가 있으니까."

"훗, 그 무렵의 난 너무 어렸어……."

횡령이 원인이 돼서 폐부가 될 뻔했던 걸 계기로 부비 사용법에 관해선 신중해진 사유키였다.

"그럼 이쪽에서 맡겠습니다."

서류를 받아들고 틀림없이 바로 돌아갈 줄 알았지만 메구미는 발을 멈춘 채 케이키를 사양하듯 바라보았다.

"……저기, 키류?"

"응?"

"지금 잠깐 시간 좀 내줄 수 있어요?"

메구미에게 이끌려 간 곳은 아야노와의 스캔들 사진이 찍혔던 자판기 앞이었다.

오니즈카 부회장은 서류를 든 채로 재주 좋게 동전을 자판기에 넣어 캔 커피를 하나 구입한 뒤 '으응' 하고 내밀었다.

"이거, 사는 거예요."

"고마워."

인사를 건넨 후 캔을 받아들었다.

이전에 케이키가 메구미에게 사준 것과 같은 상표다. 따뜻한 커피를 한 모금 마신 뒤 케이키는 그녀에게 물었다.

"그래서 할 말이라는 게 뭐야?"

"키류한테 인사를 하고 싶어서요."

"인사?"

"나오한테 들었어요. 나랑 나오 때문에 키류가 여러 가지를 도와줬다고."

"아아……."

납득이 갔다.

케이키가 두 사람 사이를 주선하려고 했던 걸 나오야가 말한 듯했다.

"하지만 결국 내가 쓸데없는 짓을 한 탓에 착각하게 만들었으니까."

"아니, 그건 내 잘못이잖아요. 나오가 심한 말을 한 게 아니라는 걸 잘 생각해보면 알 수 있는데."

확실히 착각했던 건 메구미의 지레짐작이 원인일지도 모른다.

다만 그래도 그녀가 머리를 잘라버린 사실에 책임을 느끼고 있었다.

"애초에 키류가 없었다면 나와 나오는 계속 엇갈린 채로 지냈을지도 몰라요. 두 사람 모두 겁쟁이였으니까 그렇게까지 악화된 거고."

"그에 관해서는 동감해."

메구미도 나오야도 서로 상대를 좋아하는데 마지막 한 발을 내딛지 못해 계속 어긋난 채였다.

서로 좋아하는데 좀처럼 잘되지 않아서.

옆에서 보고 있으면 안타까운 건 사실이었다.

"키류 덕분에 나오랑 또 함께 있을 수 있게 됐어요."

음미하듯 말하며 메구미가 미소를 보여주었다.

"그러니까 고마워요."

"오니즈카……."

그건 거짓 없는 감사의 말.

그녀의 말대로 정말 자신이 한 일이 두 사람에게 도움이 됐다면 그만큼 즐거운 일은 또 없을 것이다.

"도움이 됐다면 다행이야."

메구미가 머리를 잘랐다는 사실에 계속 죄책감을 안고 있었는데.

그녀와 이야기를 하면서 가슴속에 맺혀 있던 응어리가 풀린 것 같았다.

"하지만 설마 학생회에 초대받을 줄은 몰랐어요."

"후지모토는 오니즈카를 높게 평가했으니까."

"그건 영광이지만. 뭐, 후지모토의 기대에 부응할 수 있을 정도의 일은 할 생각이에요."

"오오……."

정말 믿음직스러운 말이었다.

"익숙해질 때까지는 학생회에 자주 찾아가게 되겠지만 시간을 내서 만화연구부에도 자주 나갈 생각이에요. 그 세 사람, 내가 없으면 외로워하니까."

"오니즈카는 오타쿠 서클의 여신이니까."

"그 말을 새삼 다른 사람한테 들으니까 부끄럽네요……."

어떤 이유가 있든 그녀가 찾아가면 쵸노와 부원들도 기뻐하겠지.

"그러고 보니 학생회에는 린타로가 있는데 괜찮아? 이번 일의 원흉은 거의 그 녀석인데……."

린타로이자 미타니 린.

그는 여장을 하고 나오야를 실의의 구렁텅이로 떨어뜨린 장본인이었다.

그런 린타로와 같은 직장이라니, 기분 나쁘지 않을까?

"솔직히 마음에 걸리는 게 아주 없는 건 아니지만 미타니에게 죄가 있는 것도 아니니까요. 멋대로 여자라고 생각하고 고백한 나오에게도 죄가 있고."

"그래……?"

그 말을 듣고 안심했다.

"린타로는 그렇게 보여도 좋은 녀석이니까 귀여워해 주면 기쁠 거야."

"알겠어요."

고개를 끄덕인 메구미가 '후훗' 하며 웃었다.

"키류는 좋은 사람이군요. 외모는 평범하지만 그리 나쁘지도 않은데 왜 여자친구가 안 생길까요?"

"그건 내가 알고 싶다."

여자친구가 생기지 않는 것에 이유가 있다면 꼭 가르쳐줬으면 좋겠다.

"소박한 질문이지만 키류는 좋아하는 애 없나요?"

"지금은."

"네? 그렇게 많은 미소녀에게 둘러싸여 있는데?"

"그런 말을 해봤자……."

"아깝잖아요. 솔직히 말해서 키류는 만화로 비유하면 틀림없이 하렘 주인공 같은 포지션이라고요."

"하렘 주인공이라니……."

사유키에 유이카, 마오에 미즈하라는 미소녀가 모두 모여 있는 서예부에 소속되어 있고.

아야노, 시호, 아이리가 소속된 미소녀가 모인 학생회와도 관계되어 있었다.

상황만 놓고 보면 하렘 주인공이라는 말을 듣는다고 해도 불평할 수 없지만…….

(실제로는 하렘은커녕 변태 박람회라고…….)

특수성벽 100퍼센트.

서예부에도 학생회에도 평범한 여자애가 한 명도 없었다.

"키류는 후지모토를 좋아하는 줄 알았어요."

"후지모토를?"

"아니, 선거할 때 그렇게 최선을 다했잖아요. 틀림없이 좋아하게 된 상대라 시키는 대로 하는 건 줄 알았어요."

"지독한 오해야……."

"하지만 그렇다면 왜 후지모토에게 협력한 거예요?"

"뭐, 이유는 여러 가지가 있지만……."

아야노와는 함께 일을 한 사이였고 친한 친구라 그런 것도 물론 있지만 도와주려고 결심한 이유를 한마디로 표현하자면―.

"후지모토는 왠지 내버려 둘 수 없는 사람이거든."

완벽한 것처럼 보여도 의외로 약점도 있고.

이상한 부분에서 자신감이 없고.

자신도 모르게 손을 내밀고 싶어지는 매력이 그녀에게는 있었다.

"아―, 과연. 확실히 사람을 잘 홀리니까요, 후지모토는."

"맞아, 맞아."

"하지만 그럴 때 진짜로 손을 내밀어주는 모습이 키류답네요."

"뭐?"

"보통은 곤란해하는 사람을 봐도 누구든 상관없이 도와주려고 하지 않아요. 그게 가능한 키류는 멋진 사람이라고 생각해요. 내가 확실하게 보증할 수 있어요."

"오니즈카……."

설마 그런 말을 들을 줄은 몰랐다.

왠지 좀 부끄러웠지만 동시에 기쁘기도 했다.

"그러니까 자신감을 갖고 계속 여자애들한테 어필하는 게 좋아요."

"아니, 그거랑 이건 이야기가 다르니까."

"하지만 스스로 먼저 나서지 않으면 아무리 시간이 흘러도 연인 같은 건 안 생길 거예요."

"갑자기 나온 정론!"

너무 맞는 말이라 끽소리도 못했지만, 그걸로 여자친구가 생긴다면 고생할 일도 없겠지.

"뭔가 이상해요, 키류는. 여자친구를 갖고 싶다고 말하는 것치고는 딱히 최선을 다하지 않는달까. 그런 미소녀들에게 둘러싸이면 보통은 좀 더 적극적으로 다가가지 않나요?"

"여러 가지 사정이 있거든……."

그곳은 변태 지뢰밭이니까.

적극적으로 다가가거나 하면 빠짐없이 폭발한다.

"뭐, 하지만, 만약 키류에게 좋아하는 아이가 생기면 얼버무리지 말고 제대로 마음을 전하는 게 좋을 거예요. 안 그러면 나랑 나오처럼 악화될 테니까."

"……."

"이건 오니즈카가 진심으로 건네는 조언이에요."

그 조언은 왠지 가슴을 울렸다.

서로 말을 주고받지 않아서 어긋났던 그녀와 나오야 선배.

그런 모습을 보고 있었기 때문에 농담으로 얼버무리지도 못하고 긁적긁적 손가락으로 뺨을 긁었다.

(좋아하는 사람이라 해도…….)

확실히 자신의 주변에 있는 여자들은 귀여웠다.

귀엽다고는 생각하지만—.

(하지만 그 아이들은 전부 변태니까…….)

사람을 노예로 만들려고 하고, 펫이 되려 하고, BL을 즐기고 노팬티를 즐기는 녀석들.

외모가 아무리 귀엽다고 해도 연애 대상으로 보기는 어려웠다.

"참고로 키류는 어떤 여자가 취향이에요?"

"으—음, 글쎄……그냥 청초한 아이?"

"우와, 나왔다. 나왔습니다, 청초. 벌써 거기서 동정 냄새가 풀풀 풍기는데……."

"너무 신랄한 거 아니야?"

"뭐, 취향은 사람마다 제각각이니까요. 키류가 좋아하는 청초한 아이, 언젠가 나타나면 좋겠네요."

"그런 부자연스러운 격려는 필요 없어."

케이키도 귀여운 여자친구랑 청춘을 보내고 싶다는 꿈을 포기한 건 아니었다.

좋은 사람만 있다면 금방이라도 사귀고 싶고 뭣하면 어른의 계단도 올라가고 싶을 정도였지만 무수한 변태 소녀들에게 노려지고 있는 현재 상황에서는 어려웠다.

그 상황을 타파하기 위해 『탈 변태 계획』을 계획했지만 전혀 결실을 맺을 기색이 없었다.

……

(……어라? 혹시 이대로 가면 난 평생 동정 아냐?)

무시무시한 상상에 몸이 떨렸다.

진심으로 여자친구를 만들자고 이때 새삼스럽게 결심했다.

◆

"……"

자판기 옆에서 이야기를 주고받는 케이키와 메구미의 대화를 뒤에서 듣고 있는 여학생이 있었다.

"흐음? 청초한 여자가 타입이구나……."

우연히 두 사람의 모습을 발견하고 몰래 엿들었는데 꽤 재미있는 정보를 얻을 수 있었다.

이 정보를 어떻게 사용할까ㅡ.

그런 생각을 하면서 '그녀'는 즐거운 듯 미소를 지었다.

그날 케이키는 이상한 꿈을 꿨다.

정신을 차리고 보니 케이키는 교복 차림으로 어딘가 새하얀 방 안에 있었다.

눈앞에는 4명의 신부가 서 있었다.

신부의 정체는 눈에 익은 서예부 멤버들.

교복이 아니라 웨딩드레스를 걸친 사유키가, 유이카가, 마오가, 미즈하가 가만히 이쪽을 바라보고 있었다.

어렴풋이 뺨을 빨갛게 물들이고 어딘가 기대를 품은 촉촉한 눈동자로.

"케이키는—."

"케이키 선배는—."

"키류는—."

"오빠는—."

이 자리에 존재하는 유일한 남자를 향해 4명의 신부가 입을 모아 말했다.

""""누가 좋아……?""""

그에게 던져진 건 어딘가에서 들어본 것 같은 그런 질문.

"난……."

꿈속의 자신이 멋대로 무언가를 말하려고 했다.

질문에 답하기 전에 그 이상한 꿈은 끝을 고했다.

"……."

꿈의 마지막과 눈을 뜬 타이밍은 동시였다.

잠시 아무 말 없이 자기 방 천장을 바라본 후 추위 대책으로 도입한 모포를 젖힌 케이키가 느릿느릿 몸을 일으켰다.

"이상한 꿈이었어……."

서예부 여자들이 신부 차림으로 나오다니…….

그런 신부들의 모습은 숨을 삼킬 만큼 아름다웠지만 현실의 그녀들이 뭔가를 입는다면 웨딩드레스가 아니라 바니복일 것이다.

그녀들은 모두 확고한 신념을 지닌 변태니까.

"……준비하자."

어쩐지 답답한 마음을 떨쳐내려고 침대에서 나왔다.

눈이 내릴 정도는 아니지만 꽤 심한 12월 아침의 추위 가운데 케이키는 세수를 하기 위해 화장실로 향했다.

◇

월요일 방과 후, 서예부로 향한 케이키는 연습지로 직행했다.

다른 부원들이 각자의 생각대로 시간을 보내는 가운데 늘 앉는 자리에 앉아 테이블에 벼루 등 습자도구를 늘어놓고 손에 든 붓으로 연습지에 문자를 써 내려갔다.

첫 글자를 썼을 때 옆에 서 있던 사유키가 말을 걸었다.

"어머, 케이키가 붓을 들다니, 별일이네."

"저도 서예부 부원이니까요. 가끔은 작품을 만드는 것도 좋을 것 같아서요."

"그건 좋은 마음가짐이야. 배우고 싶은 게 있으면 말해줘."

"네, 감사합니다."

웬일로 부장다운 정상적인 대사를 건네고 그녀는 자신의 작업을 위해 다다미가 깔린 공간으로 향했다.

그 모습을 확인한 후 케이키는 붓에 의식을 집중시켰다.

이윽고 작품이 완성되었다.

혼신의 힘을 담아 써내려간 건 『여친 모집 중』다섯 글자였다.

"내가 적었지만 번뇌가 너무 넘쳐버린 것 같아……."

평생 동정일지도 모른다는 위기감 때문에 본능적으로 멋진 연인을 바라는 걸지도 모른다.

(전부 다 오니즈카가 이상한 소릴 한 탓이야.)

좋아하는 사람은 없느냐느니, 어떤 여자가 타입이냐느니.

이상한 꿈을 꾼 것도 그게 원인이겠지.

그런 꿈을 꾸고 어쩐지 불안해져서 서예로 기분을 달래려고 했는데 결국 같은 걸 생각하고 있었다.

(누굴 좋아하냐고 물어봤자…….)

케이키는 평범한 사랑을 하고 싶었다.

그런 자신이 변태인 여자애랑 맺어지는 꿈을 꾸다니, 어떻게 된 것만 같다.

(애초에 난 변태는 사절이고…….)

여자를 펫으로 만드는 취미도 노예가 되는 취미도 없었다.

평범한 여자애랑 멋진 학교생활을 보내고 싶어.

그 바람에 변함은 없었다.

(그런데 왜 난 이렇게 불안한 거지……?)

자신의 마음을 모르겠다.

미즈하 풍으로 말하자면 마음이 미아가 된 것 같았다.

(아―, 이제 그만, 그만!)

답답한 마음을 떨쳐버리기 위해 새로운 연습지를 세팅해서 케이키는 다시 펜을 들었다.

"좋아, 해보자!"

"뭘 할 건데요?"

"으앗?!"

등 뒤에서 갑자기 말을 걸어 놀란 케이키가 뒤를 돌아보았다.

그 순간 손에 들고 있던 붓이, 먹물을 흠뻑 머금은 붓끝이 뒤에 있던 인물의 뺨에 닿고 말았다.

"꺄악?!"

"아……."

실수했다—그렇게 생각했을 때는 이미 만회할 수 없는 상태였다.

서예부가 자랑하는 미소녀—가 아니라 코가 유이카의 뺨에는 새까만 먹이 부착되어 있었다.

게다가 꽤 끈적끈적하게.

변명을 할 수 없을 정도로 대담하게.

"케이키 선배……."

"아, 아니, 이건……."

큰일이야. 유이카에게 실수를 하고 말았다.

그녀의 아름다운 존안을 더럽히고 만 것이다. 고개를 떨궈서 표정은 간파할 수 없었지만 화가 난 건 틀림없었다.

(이대로라면 또 유이카에게 벌을 받게 될 거야……!)

분명 그녀는 실수를 한 남자 선배를 용서하지 않겠지.

그 작고 사랑스러운 발로 꾹꾹 밟거나 채찍으로 심하게 때리거나 방금 벗은 팬티를 입에 밀어 넣고 말 거야.

"으아아아아악……."

머지않아 시작될 '벌'을 상상하며 노예 후보가 바들바들 부들부들 떨고 있는데 손수건으로 뺨을 닦으며 유이카가 말했다.

"정말, 어쩔 수 없다니까. 조심 좀 해주세요."

"……뭐?"

그건 케이키에게 꽤 충격적인 반응이었다.

도S 느낌이 손톱만큼도 없는 부드러운 음성으로 내뱉은 대사에 반대로 당황하고 말았다.

"케이키 선배? 왜 그래요?"

"아니, 저기……화 안 내?"

"화를 내요?"

"평소의 유이카라면 '이건 벌이 필요하겠네요'라든가 '무릎을 꿇고 유이카의 발을 핥아보세요'라고 말할 타이밍이 잖아?"

"네? 유이카가 그런 말을 한 적이 있었나요?"

"아니, 있잖아. 맨날 노예로 만들고 싶다고 말하면서."

차마 잊을 수도 없었다.

케이키가 처음으로 여자가 갓 벗은 팬티를 맛본 그날, 이 여자 후배는 '유이카의 노예가 되어주세요'라고 고백했다.

그 후에도 수도 없이 노예가 되라고 압박했으니 잊을 리가 없다.

"일부러 그런 거라면 몰라도 먹물이 좀 묻은 것 정도로 화내지 않아요."

"그, 그래?"

"네♪"

뭐, 본인이 그렇게 말한다면 그럴지도 모르지만…….

뭐지?

왠지 석연치 않았다.

(유이카가 왜 저러지?)

기분이 좋은 건가? 아니면 오히려 상태가 안 좋은 걸까?

그녀가 절호의 처벌 기회를 빤히 알고 있으면서 못 본 척할 리가 없는데……

하지만 기묘한 사건은 이것만으로 끝나지 않았다.

최초의 이변으로부터 몇 분 후, 케이키가 다 쓴 습자 도구를 선반에 넣는데 무엇인가 붉은 링 형태의 물체가 후두둑 바닥으로 떨어졌다.

"……응? 이건……."

주워든 그건 왠지 낯이 익은 애견용 목줄.

사유키가 성벽을 고백했을 때 몸에 걸치고 있던 것이었다.

"……어머? 그 목줄이 이런 곳에 있었구나."

목줄을 발견한 주인이 다가왔다.

긴 흑발과 풍만한 가슴을 흔들면서 다가온 사유키의 모습을 본 순간 케이키의 머릿속에 경보가 울렸다.

(……헉?! 이 흐름은 문제야!)

도M 변태와 애완용 목줄이 모였다.

그 조합은 그야말로 범에 날개.

변태 이벤트까지 초읽기에 들어간 상황이고 그녀는 틀림없이 그 목줄을 달고 싶다고 조르겠지. 게다가 그것만으로는 만족하지 않고 그대로 교내에서 산책 플레이를 하고 싶다는 말까지 꺼낼지도 모른다.

"......."

말세와 같은 미래 예상도에 케이키가 자신도 모르게 대기하고 있는데 만반의 준비를 한 그녀가 입을 열었다.

"그건 적당히 정리해줘."

"어라?!"

"응? 왜 그래?"

"아뇨, 저기…… 안 차세요?"

"이걸 차라고?"

"평소의 사유키 선배라면 타고난 M 속성을 유감없이 발휘했을 거잖아요? 목줄을 달고 개처럼 다뤄줬으면 좋겠다고 욕망을 숨김없이 털어놓을 장면 아닌가요?"

"케이키, 무슨 소릴 하는 거야? 목줄 같은 걸 할 리가 없잖아."

"뭐라……고요?"

강아지 취급당하는 데에 기쁨을 느끼는 사유키가, 남자에게 엉덩이를 맞고 황홀해질 수 있는 변태 소녀인 토키하라 사유키가 지극히 성실한 말을 꺼냈다.

초변태인 그녀가 강아지의 목줄에 흥미를 표현하지 않는 건 천재지변의 전조로밖에 생각할 수 없었다.

"사유키 선배, 뭔가 나쁜 거라도 먹었어요?"

"안 먹었어."

"그럼 어디 머리를 부딪쳤다든가?"

"마음도 몸도 지극히 건강해."

"네⋯⋯?"

대체 뭐야⋯⋯?

(유이카뿐만 아니라 사유키 선배도 이상해⋯⋯.)

석연치 않은 기분으로 습자 도구와 목줄을 선반에 돌려놓고 케이키는 원래 있던 장소에 착석했다.

문득 시선을 옆으로 돌리자 의자에 걸터앉아 묵묵히 독서를 하고 있는 마오의 모습이 눈에 들어왔다.

"오늘은 독서⋯⋯?"

부실에 있을 때 마오의 행동 패턴은 기본적으로 두 가지였다.

하나는 남자들끼리 서로를 격렬하게 원하는 진한 BL 만화를 그리는 것.

그리고 또 하나는 이렇게 독서하는 것이었다.

"어차피 BL 계통 만화나 소설이겠지만⋯⋯응?"

흥미는 없었지만 그녀가 들고 있던 책에는 북 커버가 씌워 있지 않았기 때문에 표지가 언뜻 보였다.

하지만 무언가가 이상했다.

왜냐하면 표지의 어디에도 전라의 남자가 그려져 있지 않았기 때문이다.

그렇기는커녕 보기엔 반짝거리는 느낌의 교복 차림을 한 소녀가 표지를 장식하고 있었다.

"……으으응?"

너무나 과한 위화감에 무심코 두 번 확인하고 말았다.

몇 번을 봐도 그건 진한 BL 책이 아니었고 평범한 순정 만화였다.

"난죠가 BL 이외의 책을 읽고 있다고?"

부실에서 19금도 BL물도 아닌 지극히 건전한 책을 즐기는 일이 과연 지금까지 있었던가?

"저기, 난죠, 대체 어떻게 된 거야?"

"뭐가?"

"아니, 웬일로 평범한 책을 읽고 있으니까. 평소라면 늘 BL 삼매경이잖아."

"그랬나?"

"그랬냐니……."

"뭐, 가끔은 이런 것도 좋지 않아?"

"뭐어……?"

왠지 억지로 이야기를 끝낸 마오가 시선을 만화책으로 다시 옮겼다.

정말 이유를 모르겠다.

유이카도 그렇고 사유키도 그렇고 집단 기억 장애라도 생긴 걸까?

(왠지 난죠까지 상태가 이상한데…….)

여기까지 오자 부자연스러움을 넘어 작위적이라고까지

느껴졌다.

(설마 미즈하까지 이상해진 건 아니겠지……?)

유이카, 사유키, 마오까지 실로 3명의 부원이 평소와는 다른 행동을 취했다.

그렇다면 같은 서예부에 소속된 미즈하에게도 무엇인가 징후가 나타날지도 모른다.

"……."

숨을 죽이고 여동생의 상태를 엿보았다.

지정석에 앉은 미즈하는 테이블 위에 올려둔 요리 잡지를 즐거운 듯 바라보고 있었다.

"미즈하는 평소 그대로인가……?"

언뜻 보기에 그녀에게선 의심스러운 점은 발견되지 않았다.

평소처럼 꼼꼼하게 교복을 가지런히 갖춰 입고, 넥타이는 조금도 삐뚤어지지 않았으며 여전히 미소가 천사처럼 귀여웠다.

아무래도 특별히 문제는 없는 듯했다.

그렇게 판단하고 관찰을 중단하려던 그때—.

"……응?"

갑자기 말로는 표현할 수 없는 위화감에 휩싸였다.

평소와 다름없는데 어딘가 다른 듯해…….

변함이 없는 것처럼 보여도 무언가가 부족한 듯한데…….

(그래—.)

머리를 굴려 겨우 위화감의 정체를 깨달았다.

(오늘 미즈하는 한 번도 속옷을 슬쩍 보인 적이 없어……!)

키류 미즈하는 노출광이었다.

이성에게 몸을 보여주면서 흥분하는 그녀는 무슨 일이 있을 때마다 가슴골을 보여주거나 속옷을 슬쩍 보여주면서 오빠를 유혹하곤 했다.

그런데 오늘 그녀는 한 번도 노출하지 않았다.

(그 미즈하가 가슴은커녕 팬티도 슬쩍 보여주지 않다니, 명백하게 이상해…….)

이건 이미 타인설을 의심할 레벨의 이상 사태였다.

"미즈하, 혹시 어디 아파?"

"응? 왜?"

"아니, 평소의 미즈하였다면 이미 2, 3번 정도 팬티를 보여줬을 것 같아서."

"무슨 소리야? 난 팬티 같은 거 안 보여줘."

"뭐라고?"

"오빠한테 팬티를 보여주다니, 난, 그렇게 야한 아이가 아니야."

"대체 어떤 입이 그런 소릴 하는 거지?!"

과거에 노팬티가 되는 독자적인 기념일까지 마련해 장착하지 않은 상태로 등교했던 노출광의 발언이라고는 생각할 수 없었다.

평소의 그녀라면 그야말로 숨 쉬듯 속옷을 자랑스럽게 보였을 텐데…….

(대체 어떻게 된 거지……?)

부원들뿐만 아니라 미즈하까지 상태가 이상했다.

설마 지금까지 케이키가 행했던 『탈 변태 계획』의 효과가 이제야 나타난 건 아닐 텐데…….

사정을 물어보려 해도 4명 모두 명백히 얼버무리려 하고.

수수께끼는 깊어지기만 했다.

◇

"왠지 모두 다 상태가 이상해……."

다음 날 점심시간. 교실에서 오랜만에 쇼마와 도시락을 먹은 케이키는 도시락 통을 정리하면서 쇼마에게 고민거리를 내놓았다.

"이상하다니 어떤 식으로?"

"유이카가 날 노예 취급하지 않아."

"그건 좋은 거 아니야?"

"그것뿐만이 아니야. 사유키 선배도 주인 취급을 하지 않았고 난죠는 부실에서 BL 계열이 아닌 평범한 만화를 읽고 있었고 미즈하는 한 번도 팬티를 보여주지 않았다고."

"그것도 좋은 거 아니냐?"

"그렇긴 한데 아무래도 납득이 안 돼……."

"뭐, 확실히 갑자기 모두가 정신을 차렸다는 건 부자연스러운 일일지도 모르지."

"아무런 전조도 없이, 게다가 모두 같은 시기에 변했으니까."

사유키는 음담패설을 늘어놓지 않고 지극히 진지하게 붓을 잡았고 유이카는 과격하지 않은 평범한 유아용 그림책을 그리고 있었고 마오는 BL 책이 아닌 평범한 만화를 읽고 있었다.

속옷 보여주기나 노팬티 상습범인 미즈하조차 서예부 활동 중에 그런 노출 취미를 드러내지 않았다.

하룻밤 만에 4명 모두가 평범한 여자아이로 변한 이번 사건.

어떤 의미로는 케이키가 바라던 전개이긴 했지만…….

"나는 그 변태 소녀들이 순순히 갱생했다고는 생각할 수 없어. 분명 뭔가 꿍꿍이가 있을 거야."

우리 변태 부원들이 이렇게 얌전해질 리가 없다.

이 상황은 아마 폭풍전야. 케이키와 관련 없는 곳에서 뭔가 변태적인 계획이 움직이고 있는 게 틀림없었다.

"이제 곧 크리스마스니까 서프라이즈 파티라도 기획하고 있는 거 아니야?"

"그런 거라면 딱히 성실한 사람인 척할 필요는 없잖아."

"그것도 그런가?"

"우리 부원들에게 상식은 통용되지 않아. 실제로 난 유이카 때문에 방에 감금될 뻔했고 아침에 일어났더니 알몸의 사유키 선배가 침대로 들어와서 까딱하면 책임 문제로 발전할 뻔하기도 했으니까. 조심해서 손해 볼 건 없겠지."

"케이키는 정말 장렬한 청춘을 보내고 있구나."

변태와의 조우 확률이 너무 높은 청춘이었다.

이런 청춘 러브 코미디는 역시 잘못됐다.

"모두가 갑자기 본성을 숨기고 행동하는 데에는 이유가 있을 텐데……."

"같은 시기에 모두가 그렇게 됐다면 4명 모두 뒤로 연결되어 있을지도 몰라."

"그래. 문제는 목적을 모르겠다는 거야."

4명이 함께 본성을 숨기는 이유를 모르겠다.

그녀들은 마치 자신의 특수성벽을 없었던 일로 하고 있는 것처럼 보였다.

거기에 중요한 단서가 있을 것 같은데…….

"사정을 물어보려 해도 명백하게 얼버무리더라고."

"뭔가 꾸미고 있다면 순순히 가르쳐주진 않겠지."

타깃에게 직접 정체를 밝히는 스파이는 없다.

정공법으로 목적을 알아내긴 어렵겠지.

그렇다면—.

"좀 동요시켜볼까?"

정공법이 무리라면 그 이외의 방법을 사용해봐야겠지.

케이키는 애용하는 스마트폰을 꺼내 재빨리 문자를 보냈다.

『다들 대체 뭘 꾸미고 있는 거야?』

문자를 보내자 자기 자리에서 문고본을 읽고 있던 마오가 문자를 눈치채고 스마트폰을 확인한 후 이쪽을 힐끔 보았다.

다시 스마트폰으로 시선을 돌린 그녀는 홀딱 반할 속도로 답장을 보냈다.

『무슨 뜻이야?』

쌀쌀맞은 문장으로 시치미를 뗐다.

"역시 얼버무릴 생각이구나."

"뭐, 예상대로네."

"그렇다면 쇼마, 좀 도와줄래?"

"좋아, 내가 뭘 하면 돼?"

그 질문에 케이키는 피식 미소를 지었다.

마오를 공략하기 위한 최적의 방법이 있었다.

혼자서는 불가능하다는 게 난점이었지만 쇼마가 있다면 문제없었다.

그와 함께 준비를 끝내고 케이키는 한 번 더 문자를 송신했다.

『이쪽 좀 봐줘.』

고민하듯 스마트폰을 본 마오가 '뭔데?'라고 고개를 기울여 이쪽을 바라보았다.

그리고 '으앗?!'이라고 놀라 소리를 질렀다.

그것도 그렇겠지.

그녀의 시선 끝에는 친밀하게 어깨를 감싼 케이키와 쇼마 두 사람이 '꺄아꺄아 우후후'하고 서로 웃고 있었으니까.

"훗, 어때? 일반인에겐 그저 사이좋은 2인조로밖에 보이지 않겠지만—."

"부녀자인 마오라면 이 상황에 반응하지 않을 리가 없어."

이걸로 작전 제1단계는 클리어.

쇼마의 어깨를 감싼 채 한 손으로 다시 문자를 보냈다.

『난죠가 비밀을 말해준다면 좀 더 굉장한 BL 상황을 제공할게.』

그야말로 악마의 속삭임이었다.

BL 작가인 마오에게 이 이상 없을 정도로 매력적인 제안이겠지.

문자를 본 마오는 잠시 진지한 얼굴로 망설이다 다시 답장을 보냈다.

『난 BL에 흥미 없으니까!』

설마라고는 생각했지만 정말 권유를 거절했다.

다시 굳은 결의를 증명하듯 그녀는 시선을 책으로 옮기고 말았다.

"쳇, 이번엔 방어막이 단단하네."

"하지만 뭔가 숨기는 게 있는 건 정말인 것 같아."

"점점 더 수상쩍어지는데."

좋아하는 BL 소재에도 말하지 않는 걸 보면 상당히 사악한 비밀이 있는 걸지도 모른다.

역시 그녀들은 뭔가 안 좋은 생각을 하고 있었다.

마오에게 정보를 끌어내진 못했지만 완고하게 진술을 거부했다는 게 그걸 증명했다.

"냐조가 안 된다면 다른 세 사람에게서 알아내야겠지."

방과 후, 교실을 나온 케이키는 곧장 서예부로 향했다.

부실 문을 열고 안으로 들어가 보니 바로 근처에 유이카가 서 있었고 벽에 붙은 스위치로 에어컨 난방을 켜고 있었다.

"아, 케이키 선배. 수고하셨어요."

"유이카 혼자야?"

"네, 다른 사람들은 아직인 것 같아요."

"그래?"

즉 부실에 단둘이 있다는 건가.

(이건 사정 청취의 찬스.)

그런 이유로 바로 도전해보았다.

"있잖아, 유이카."

"네?"

"갑작스럽겠지만 유이카의 작은 가슴을 만지게 해주지 않을래?"

"……."

그 순간 후배의 얼굴에서 표정이 사라졌다.

작은 가슴이라는 금기어를 내뱉었을 뿐만 아니라 급기야 만지게 해달라는 불경한 성희롱 발언까지 더했다.

평소의 유이카라면 분노에 미쳐 도S의 여왕님으로 변했을 것이다.

"케이키 선배……."

감정을 누른 목소리로 후배가 이름을 불렀다.

수도 없이 그녀의 벌을 받은 케이키는 그것만으로도 오싹오싹 전류가 등을 기어가는 듯한 공포에 휩싸였다.

(그래, 그렇지! 그런 모습이야, 유이카! 평소처럼 욕을 퍼부으면서 날 매도해줘!)

변태 소녀의 가면이 벗겨지면 이쪽의 승리.

그대로 본성을 숨긴 사건에 대한 사정 청취로 넘어갈 수 있었다.

하지만 그 다음 유이카의 반응은 기대를 배신하는 것이었다.

"정말, 여자애한테 무슨 말을 하는 거예요♪ 케이키 선배, 야해요♪"

"뭐라고?!"

무려 웃는 얼굴로 반격했다.

작은 가슴이라는 NG 단어까지 사용했는데 그녀는 화를 내기는커녕 부끄러운 듯 뺨을 붉히며 덧붙였다.

"그런 말은 좀 더 친밀한 관계가 된 이후에 건네야죠."

"남의 입에 팬티를 쑤셔 넣은 사람이 할 말은 아닌데……."

"정말, 무슨 소릴 하는 거예요?"

어쩔 수 없네, 라는 느낌으로.

어린아이들 싸움을 타이르는 유치원 선생님 같은 말투로 그녀는 말했다.

"팬티는 먹는 게 아니라 입는 거예요."

"그건 나도 알아!"

세계에서 가장, 너에게만은 듣고 싶지 않은 말이었다.

"후후후. 유이카는 청초한 아이라서 벗은 팬티를 남자한테 먹이거나 하지 않아요."

"그건 음탕한 사람도 좀처럼 하지 않을 행동인 것 같은데……."

그런 특수 플레이는 좀처럼 만나기 힘든 일.

"유이카는 대체 뭘 꾸미고 있는 거야?"

"아무것도 꾸미지 않아요. 유이카는 전부터 이런 느낌이었잖아요."

"흐음……."

"으윽……."

의혹의 시선을 보내자 유이카가 잽싸게 고개를 옆으로 돌렸다.

그리고는 뭔가 중얼중얼 혼잣말을 흘리기 시작했다.

"……으윽, 역시 의심받고 있어……. 하지만 여기서 실패할 수는……크리스마스까지는 착한 아이로 지내야만 하니까……."

"크리스마스?"

"앗?! 저기……."

지적을 받은 유이카가 명백하게 동요했다.

"저기, 유이카는 화장실 좀 다녀올게요!"

"뭐? ……아, 유이카?!"

도망쳤다.

조금 더 정보를 끌어낼 수 있을 것 같았는데 화장실로 도망쳐버렸다.

다만 마지막에 실언으로 내뱉은 단어가 신경 쓰였다.

"크리스마스까지라니 무슨 의미지?"

크리스마스와 유이카나 여자애들이 본성을 숨기는 게 뭔가 관련이 있는 걸까?

무관계라고는 생각할 수 없었지만 아무래도 이것만으로는 중요한 내용을 파악할 수 없었다.

그때 서예부실로 가방을 든 미즈하가 들어왔다.

"수고하셨습니다. ……뭐야? 오빠 혼자야?"

"으응, 방금까지 유이카가 있었지만."

"그랬구나."

미즈하는 의자 앞에 가방을 놓아두었다.

유이카는 도망쳤고 마오와 사유키도 아직 오지 않았다.

이건 또다시 사정 청취의 기회이기도 했다.

케이키는 그녀가 자리에 앉기 전에 도전해보기로 했다.

"있잖아, 미즈하?"

"왜?"

"치마를 좀 올려보지 않을래?"

"뭐?"

"치마를 올리고 팬티를 보여주지 않겠어?"

"아니, 굳이 두 번이나 말 안 해도 들리긴 하는데…… 팬티를?"

"그래, 팬티를."

"저기…… 하, 하지만……."

미즈하가 치마 앞을 꽉 누르고 머뭇거렸다.

"왜 그래? 항상 기뻐하면서 보여줬잖아."

"하, 하지만 그런 건…… 부끄러워……."

정말 부끄러운 듯, 그야말로 청초한 여자애처럼 전날까지 노출광이었던 여동생이 말을 이었다.

아무래도 직접 보여주진 않을 것 같았다.

"그럼 억지로 봐야겠네."

"뭐?"

"내가 치마를 올리는 게 싫다면 다 같이 뭘 꾸미고 있는지 전부 다 불어."

"그건……."

잔혹한 두 개의 선택지를 받고 목소리를 떠는 미즈하.

(사정은 잘 모르겠지만 미즈하와 부원들은 변태 취미를 없었던 일로 하고 싶은 것 같으니까.)

이건 그 심리를 이용한 교섭이었다.

"자, 빨리 말하지 않으면 이 양손이 치마를 올리게 될 거야~."

"히익?!"

탐관오리처럼 손을 꼼지락거리며 여동생에게 다가갔다.

평소라면 '원하는 대로 해. 오히려 오빠가 올려준다고 생각하면 흥분돼'라고 말하며 기뻐할 장면이지만, 오늘의 미즈하는 어떻게 나올까?

과연 그녀의 반응은—.

"……훌쩍."

"……응?"

정신을 차려보니 미즈하가 울상이 되어 있었다.

그녀는 얼굴을 새빨갛게 물들이고 치마를 꽉 붙든 채 토라진 듯 시선을 돌렸다. 삐죽거리는 입술이 불만을 표출했다.

그리고—.

"……오빠, 바보."

시스콘인 오빠를 때려눕히는 결정적인 일격을 가했다.

"앗, 저기, 아아……."

예상 밖의 반응에 오빠는 횡설수설.

미즈하를 울리고 말다니, 사정 청취를 할 때가 아니었다.

죄책감으로 가득 차서 미안하다고 사과했다.

"이해가 안 돼……."

몇 분 후, 케이키는 건물 2층 구름다리에 서서 살풍경한 정원을 내려다보고 있었다.

미즈하와 같은 공간에 있는 게 어색해서 화장실에 가겠다고 말하고 부실을 나와 터덜터덜 걷는 사이에 여기에 다다랐다.

"정말 무슨 일이 일어나고 있는 거야?"

중증 노출광이 치마가 젖혀질 것 같다고 눈물을 흘릴 리가 없었다.

아마 연기겠지만 설령 우는 시늉이라고 해도 시스콘 오빠에게 여동생의 눈물은 데미지가 너무 컸다.

"연기라는 걸 알면서도 물러날 수밖에 없었으니까……."

여동생의 연기력에 항복했다.

그 아이는 장래 여배우가 될지도 모른다.

"그건 그렇고 부끄러워하는 여동생은 귀여웠어……."

역시 에로스에는 부끄러움이 중요하다는 걸 다시 한번 실감했다.

여자아이가 보이고 싶지 않은 모습을 보기 때문에 흥분하는 것이었다.

희희낙락 팬티를 보여줘 봤자 조금도 흥분되지 않는 이유가 거기에 있었다.

"하지만 결국 미즈하에게서는 정보를 얻을 수 없었어……."

애초에 미즈하는 입이 무거운 타입이었다. 쉽게 비밀을 누설할 리가 없었다.

"어머, 케이키잖아."

"사유키 선배?"

들려오는 목소리에 고개를 돌리자 좀 떨어진 위치에 사유키가 서 있었다.

그녀는 이쪽으로 다가와서 이상한 듯 물었다.

"이런 곳에서 뭐 하니?"

"생각 좀 하고 있었어요. 그것보다 사유키 선배한테 묻고 싶은 게 있는데요."

"뭔데?"

흥정이 의미가 없다는 건 이미 학습이 끝났다.

서툰 잔꾀는 관두고 스트레이트로 질문을 던졌다.

"선배랑 부원들은 대체 뭘 숨기고 있는 거예요?"

"무슨 말이야?"

"시치미 떼지 마세요. 모두 다 평범한 여자애인 척하고 있잖아요."

"척하고 있는 게 아니야. 지금의 청초한 내가 진짜 나라고."

"……네?"

잘못 들은 건가?

뭔가 믿을 수 없는 말이 흘러나왔는데…….

"청초한 여자?"

"그래."

"누가요?"

"내가."

"무슨 그런 농담을."

코웃음 치고 말았다.

"청초한 여자는 선배랑 정반대의 생물이잖아요."

"너무한 거 아니야?!"

너무한 건 평소에 보여주는 그녀의 행동이었다.

"동정을 상실하게 해주겠다든가 엉덩이가 약점이라든가 그만큼 음담패설을 연발했으면서 이제 와서 청순 캐릭터는 무리가 있다고 생각해요."

"그, 그런 건 기억에 없습니다…….."

"눈동자가 흔들리고 있어요."

"으……."

정확한 지적에 말이 막혀버린 상급생.

그러자 그녀는 갑자기 태도를 바꿔 후배를 매섭게 노려보았다.

"……좋아. 그렇게까지 말한다면 가르쳐줄게."

"네?"

"내가 얼마나 청초한 여자인지— 뼈저리게 느끼도록 해!"

그렇게 말하며 그녀는 해방되었다.

인기척이 없다고는 해도 누가 지나갈지 알 수 없는 구름다리 한가운데에서, 양손으로 치맛자락을 들어 올려 아무런 주저도 없이 자신의 속옷을 백일하에 드러낸 것이다.

"사유키 선배?! 뭐 하는 거예요?!"

"아앗, 보고 있어……!! 케이키가 내 팬티를 보고 있어……!!"

"선배가 보여주는 거잖아요!!"

"그런 것보다 잘 봐!"

"네?"

"오늘 내 팬티는 흰색이야!"

"그러니까 그게 뭐냐고요?!"

이제 정말 뭐가 뭔지 모르겠다.

확실히 사유키의 팬티는 깨끗한 순백색이었고 평소에는 어른스러운 속옷을 장착하는 그녀에게 있어서는 청초한 디자인이었지만 그게 어떻다는 거지?

"케이키가 좋아하는 타입은 청초한 여자아이잖아?"

"네?"

"순백의 팬티를 입고 있는 난 굉장히 청초한 여자라고 생각하지 않아?"

"사유키 선배는 청초의 의미를 잘못 이해하고 있어요!"

어느 세상에 팬티를 과시하는 청순한 여자가 있다는 건가.

청초는커녕 지금의 그녀는 완벽한 변태.

360도 돌아서 가면이 벗겨지고 말았지만 그럼에도 사유키는 마지막까지 목적을 누설하지 않았다.

◇

다음 날 방과 후. 청소 당번 업무를 끝내고 교실을 나온 케이키는 다시 서예부로 향했다.

"결국 아무도 목적을 말하지 않았어……."

4명이 모두 본성을 숨기는 목적을 말하지 않았다.

다만 전혀 정보를 얻을 수 없었던 것도 아니었다.

신경 쓰였던 건 유이카와 사유키가 엉겁결에 입 밖으로 꺼낸 두 개의 단어였다.

"청초한 아이가 어쩌고, 그리고 크리스마스가 어쩌고 했는데……."

크리스마스라면 말하지 않아도 다 아는 일대 이벤트.

아무래도 그 이벤트와 그녀들이 본성을 숨긴 게 관계가 있는 것 같았지만 역시 정보가 이것뿐이라 잘 모르겠다.

"······하아, 오늘도 다들 본성을 숨기고 있을까······?"

변태라는 걸 숨긴 그녀들과 있으면 귀여운 척하는 여자애랑 이야기하고 있는 것 같은 미묘한 기분이 들었다.

하지만 여기서 도망치면 나중에 어떤 일을 당할지 알 수가 없었다.

그런 소극적인 마음으로 찾아간 서예부 부실.

"······응?"

평소처럼 문을 열려는데 이야기하는 소리가 들려서 무심코 손을 멈췄다.

누군가가 제대로 닫지 않은 듯, 부실 문이 살짝 열려 있었고 안에서 말소리가 새어나왔다.

"─생각한 것보다 케이키의 수비가 단단해."

"─청초 버전의 유이카에게 굴복하지 않다니, 제법이네요."

"─뭐, 키류는 동정이니까."

"─역시 오빠야."

발언은 사유키, 유이카, 마오, 미즈하 순.

"······무슨 이야기를 하는 거지?"

아무래도 케이키에 대해 이야기하고 있는 것 같은데 정보가 너무 단편적이라 잘 모르겠다.

그녀들이 눈치채지 못하도록 소리를 죽이고 숨을 참은 채 내부의 상황을 엿보았다.

서예부실 안에서는 마치 회의를 하듯이 테이블을 둘러싼

4명의 여자부원들이 서로 이야기를 나누고 있었다.

"하지만 난 포기 안 할 거야. 반드시 크리스마스까지 케이키를 내 걸로 만들 거니까."

"그건 유이카가 할 말이에요. 케이키 선배는 못 줘요."

"나도 겨울에 개최되는 코믹 마켓 원고의 퀄리티 상승을 위해 키류를 모델로 하고 싶어."

"나도 오빠랑 크리스마스 데이트를 하고 싶어요."

그 단어에 케이키가 눈살을 찌푸렸다.

(크리스마스 데이트?)

크리스마스— 특히 이브에 데이트를 하는 커플은 많았다.

다만 그게 왜 여기서 화제에 오르는 거지?

"훗, 아쉽게 됐어. 케이키는 이미 청초한 나에게 푹 빠졌으니까. 이브에 데이트하고 그대로 호텔로 직행, 명실공히 펫이 된 나와 뜨겁고 음란한 밤을 보낼 거야!"

"잠꼬대는 자면서 하세요! 케이키 선배는 유이카의 노예니까 선배의 처음을 빼앗는 것도 주인님인 유이카의 역할이라고요!"

"원고를 위해 최고의 구도가 필요해! 쇼트 케이크 시리즈의 『크리스마스 특별편』을 완성하려면 키류의 누드는 반드시 필요하다고!"

"나도, 오빠 앞에서 스트립쇼를 하면서 여러 가지로 걷잡을 수 없게 된 오빠와 그대로 아침까지 코스를 돌고 싶어!"

그런 식으로 밀다툼을 시작한 소녀들을 케이키는 망연자실한 상태로 바라보고 있었다.

"이게 뭐야……?"

일찍이 이 정도로 무시무시한 회의가 있었던가.

서예부의 여자 멤버들은 크리스마스에 누가 케이키를 독점할지 의견을 나누고 있었다.

"그건 그렇고 그 사람에게는 감사해야겠어. 귀중한 정보를 제공해줬으니까."

(응? 정보라니, 무슨 말이지? 게다가『그 사람』이라니……?)

누군가가 이번에 일어난 이상한 사건에 관련되어 있다는 뜻인가?

의미심장한 사유키의 발언에 유이카가 동의했다.

"맞아요. 케이키 선배가 크리스마스에 데이트할 청초한 여자애를 찾고 있다는 건 아주 유력한 정보였어요."

(뭐라고?!)

당치도 않은 새로운 사실이 튀어나왔다.

(내가 크리스마스 데이트 상대를 찾고 있다고? 그것도 청초한 여자애를?)

완전히 아닌 밤중에 홍두깨였다.

"누가 케이키를 자기 걸로 만들든 서로 원망하지 않기다?"

"바라던 바예요. 케이키 선배가 유이카에게 푹 빠지게 만들 거예요!"

"미안하지만 키류에겐 온종일 누드모델을 시킬 예정이야."

"나도 오빠를 넘겨줄 생각은 없어요."

아무래도 회의는 결말이 난 듯했다.

마지막으로 사유키가 이렇게 덧붙였다.

"먼저 데이트 신청을 하는 건 암캐나 할 행실이야. 케이키가 먼저 데이트 신청을 해줄 때까지는 청초한 여자를 연기할 필요가 있어. M 노예인 토키하라 사유키는 당분간 봉인할 거야."

"마녀 선배는 전혀 변태의 느낌을 숨기지 못했지만요."

"청초한 여자애가 좋다니, 키류 녀석, 동정이라는 걸 너무 티내는 거 아니야?"

"청초한 여자라니 도시 전설인데."

도시 전설이라니…….

지독한 말을 들은 듯했지만 드디어 그녀들의 목적이 판명되었다.

(그런 거였어……?)

케이키의 예상대로 그녀들은 갱생한 게 아니었다.

(다들 내 몸을 노리고 있었어…….)

역시 그녀들은 터무니없는 계획을 꾸미고 있었다.

1년 중 가장 커플이 개방적인 기분을 느끼는 크리스마스이브에 케이키와 변태적인 데이트를 하기 위해 전력으로 본성을 숨기고 있는 것이었다.

(하지만 목적을 알았다면 이제 이쪽의 승리.)

이 정조는 미래의 연인을 위해 끝까지 지키기로 결심했다.

크리스마스이브에 호텔에서 SM플레이 등을 하지도 않을 거고 누드모델을 할 생각도, 스트립쇼에 동참할 생각도 없었다.

서예부의 누군가와 데이트하는 일은 곧 동정의 졸업을 의미했다.

그렇다면 자신이 나아가야 할 길은 하나뿐이었다.

(크리스마스가 끝날 때까지 변태들의 마수에서 도망쳐주겠어!)

그녀들의 접근을 계속 무시하며 크리스마스를 혼자 고독하게 보내는 것이다.

궁지에 몰린 타깃이 이 세상에서 가장 외로운 결의를 가슴에 품은 순간이었다.

사유키를 비롯한 부원들의 계획을 알게 된 케이키는 부실에 들어가지 않은 채 그대로 돌아가기로 했다.

애독하는 만화 발매일이라는 거짓 문자를 부장에게 보낸 뒤 추격대가 뒤따르기 전에 얼른 하교하려고 복도에서 걸음을 서둘렀다.

"하지만 대체 누가 그런 정보를 흘린 걸까……."

케이키가 크리스마스에 데이트해줄 청초한 여자애를 찾

고 있다.

그런 정보를 사유키에게 전한 인물이 있는 것 같은데…….

거기까지 생각하고 케이키는 전날 있었던 어떤 사건을 떠올렸다.

"그러고 보니 오니즈카가 좋아하는 여자 타입을 물어봤었지……."

거기서 케이키는 분명 청초한 여자애가 타입이라고 답했었다.

(오니즈카가 범인일까? 하지만 그 사람이 그런 짓을 해봤자 메리트는 없으니까…….)

서예부 부원들을 부추겨서 메구미가 이익을 볼 일은 없을 것이다.

게다가 일부러 『크리스마스』라고 한정하고 있는 게 마음에 걸렸다.

(범인에겐 크리스마스에 데이트시키고 싶은 이유라도 있는 걸까……?)

아마 메구미는 범인이 아닐 것이다.

그렇다면 대체 누가…….

흑막의 정체를 생각하며 교실 건물 복도를 걷고 있는데,

"—아, 케이키!"

그런 목소리와 함께 뒤에서 누군가가 어깨를 두들겼다.

뒤를 돌아보자 활짝 핀 꽃 같은 미소의 미인이 한쪽 손을

들고 있었다.

"얏호—."

"타카사키 선배, 안녕하세요."

전직 학생회장인 타카사키 시호는 여전히 붙임성 좋은 미소로 잡담을 늘어놓았다.

"요즘 어때? 활기차게 잘 지내고 있어?"

"그럭저럭이요. 선배야말로 추천 입시는 어떻게 됐어요?"

"나도 그럭저럭. 가볍게 시험을 치거나 면접을 보고 있지."

"그렇군요."

"회장직 인수인계도 끝났고 겨우 어깨의 짐을 내려놓은 기분이야."

"수고하셨어요."

"고마워. 뭐, 명예회장으로서 지금도 학생회실에 눌어붙어 있지만."

'아하하' 하고 그녀는 웃었다.

눌어붙어 있다기보다는 아직 학생회장의 업무에 익숙하지 않은 아야노를 위해 도움을 주는 거겠지.

"케이키는 왠지 피곤해 보이는데?"

"뭐, 여러 가지로 일이 좀 있어서요."

"혹시 서예부 부원들에게 열렬한 공격이라도 받는 거야?"

"네?!"

보고 있었던 것처럼 상황을 알아맞힌 시호.

그녀는 미소를 띤 채로 다시 말을 덧붙였다.

"케이키는 정말 인기인이야. 크리스마스에 너랑 데이트를 하고 싶어 하는 여자애가 많으니까."

"어떻게 타카사키 선배가 그걸……?"

"그야 그 아이들을 부추긴 건 나니까."

"범인이 발각됐잖아?!"

예상 못한 곳에서 흑막이 판명되었다.

"얼마 전에 자판기 앞에서 메구미랑 이야기를 나눴지?"

"보셨어요?"

"우연히 발견하고 이야기를 좀 들었어. 그런데 케이키가 청초한 아이가 타입이라길래."

"아아……."

그때의 대화를 들어버린 모양이었다.

"그래서 서예부 부장에게 케이키가 크리스마스 데이트를 할 청초한 여자애를 찾고 있는 것 같다고 전했지."

"대체 무슨 짓을 한 거예요……?"

사유키 및 부원들이 이상해진 원인.

정보를 흘린『그 사람』은 시호였다.

"그것보다, 왜 그런 말을 한 거예요?"

"아니, 그게 이제 곧 크리스마스잖아? 서예부 애들을 부추겨서 케이키와의 데이트에 임하게 만들면 그걸 상상하면서 머릿속으로 NTR 플레이가 가능할 것 같아서."

"밉소사……."

"이브날 밤은 케이키를 빼앗기는 망상으로 셀프 충전할 거야♪"

"셀프 충전이라니……."

어쩐지 무슨 말인지 알 것 같았지만 알고 싶지 않았다.

"덕분에 그 변태들이 제 몸을 노리고 있는데요……."

"그 아이들이라면 그렇겠지. 대부분 내가 기대한 대로라서 굉장히 느낌이 좋아."

"최악이잖아?!"

시호는 사유키와 유이카의 특수 성벽을 알고 있었다.

보건실에서 케이키가 두 사람에게 습격당했을 때, 로커에 숨어 『셀프 충전』하면서 처음부터 끝까지 보고 있었으니까.

"아아…… 케이키가 다른 애랑 데이트하고 그대로 호텔로 직행해서…… 두 사람이 하는 모습을 상상하는 것만으로도 뼛속까지 오싹거려……!!"

"타카사키 선배?!"

"……헉?! 오히려 부원 전원이 함께 하면 더 좋지 않을까?! 케이키가 한 번에 4명을 상대한다면 NTR의 흥분도 4배가 될 텐데!"

"이 사람, 망상이 멈추질 않잖아?!"

풍기문란이 풀 악셀로.

크리스마스는 변태 소녀들의 성욕을 가속시키는 걸지도

모른다.

후배의 난교 플레이를 망상하며 셀프 NTR 플레이를 하려고 하다니, 역시 이 사람의 변태력은 차원이 달랐다.

"아……."

"이번에는 뭐예요?"

"서예부 애들이 이쪽으로 오고 있어."

"뭐라고요?!"

뒤를 돌아보니 복도 맞은편에서 뛰어오는 두 명의 그림자…….

추격대는 유이카와 사유키로 이루어진 악몽의 페어였다.

"케이키 선배, 발견했어요!"

"후후후, 이번에는 팬티뿐만 아니라 브래지어도 청초하다는 걸 보여줘야지!"

그러니까 그건 이미 청초하지 않다니까.

무심코 마음속으로 태클을 걸고 말았지만 지금은 그럴 때가 아니었다.

"크리스마스가 기대되네♪"

"이렇게 조마조마한 크리스마스는 처음이에요!"

즐거워 보이는 시호에게 그렇게 말대답하고 케이키는 도주를 개시했다.

자칭 『청초한 여자들』에게서 도망치면서 다시 한번 자신이 처한 상황을 확인했다.

케이키의 승리 조건은 크리스마스까지 자신의 동정을 사수하는 것.

성야(性夜)인 24일 밤이 끝날 때까지 변태 소녀들에게서 도망치면 케이키의 승리였다.

서예부의 누구와도 데이트 일정을 짜지 않거나, 혹은 다른 일정으로 채우는 게 가능하다면 그게 베스트.

(차라리 정말 누군가 크리스마스에 데이트해줄 사람이 있으면 좋을 텐데…….)

그렇게 하면 역시 변태 소녀들도 포기하겠지.

적어도 소중한 정조는 지킬 수 있다.

뭐, 그렇게 안성맞춤인 상대는 없겠지만.

그런 생각을 하면서 케이키는 결사의 도주를 계속했다.

◇

크리스마스 직전인 12월 22일.

종업식을 끝낸 방과 후 학생회실에서 케이키는 후배인 아이리와 경리 업무를 하고 있었다.

"죄송해요, 종업식인데 도와달라고 불러내서."

"괜찮아. 선거에서 사용한 경비 계산이라면 비서 업무의 연장이잖아."

연말 정체라는 말이 있듯이 12월은 여러 가지로 바빴다.

그건 학생회도 예외는 아니었고, 특히 올해는 선거도 있었기 때문에 회계 업무를 시간 내에 끝내지 못할 것 같다고 도움을 요청하는 문자가 왔다.

학생회 선거에서는 포스터 인쇄비나 투표용지 등 소소한 경비가 많이 들었다.

이벤트 이후에 회계 업무가 늘어나는 건 필연적이기에 전표나 영수증을 보면서 숫자를 노트북에 입력하게 되었다.

아야노는 각 위원회 위원장이 모이는 총회에 출석했고 메구미와 린코, 시호도 볼일이 있어서 밖으로 나가 있다. 지금 학생회실에는 아이리와 단둘이었다.

"······좋아, 끝났다!"

양만 많은 일이라 인원수를 늘리면 절반의 시간 안에 끝낼 수 있었다.

작업을 개시한 지 1시간 정도 지난 후에 오늘 할당된 양을 정리했다.

"감사합니다. 홍차를 준비했으니까 좀 쉬다 가세요."

"그럼 그렇게 할까?"

지금은 서예부 부실로 가기 힘든 상황이니 딱 좋았다.

데이터를 저장한 노트북을 치우고 후배가 준비해준 홍차로 노동의 피로를 풀고 있는데 맞은편 자리에 앉은 아이리가 말을 걸었다.

"올해도 이제 곧 끝나겠네요."

"그러게."

"키류 선배는 크리스마스에 약속 같은 거 있어요?"

"지금 현 시점에선 없어."

"서예부의 누군가와 데이트하진 않아요?"

"하하……."

"네? 뭐예요? 그 건조한 웃음은……?"

"그 녀석들은 내 몸에만 흥미가 있으니까……."

"서예부에선 대체 무슨 일이……."

"자세한 건 말할 수 없지만 크리스마스에 서예부의 누군가와 데이트를 하면 여러 가지로 내 인생이 궁지에 몰릴 거야."

"흐음, 그건 힘들겠네요."

전혀 안쓰러움이 느껴지지 않는 말투로 후배가 말했다.

"이유는 잘 모르겠지만 키류 선배는 서예부 사람들에게 도망치고 있는 거죠?"

"전략적 철수라고 해줘."

소중한 정조를 지키기 위해서라면 모든 걸 감수하고서라도 『겁쟁이』라는 칭호를 받아들이기로 했다.

"……그럼 서예부가 아닌 여자라면 문제없는 건가요?"

"뭐?"

"크리스마스 말이에요. 서예부가 아닌 여학생이 신청하면 키류 선배는 데이트할 건가요?"

"뭐, 글쎄……. 약속이 없으면 당일에 집까지 쳐들어올 것 같으니까 다른 누군가가 데이트해준다면 도움이 되겠지. 혼자 외롭게 보내지 않아도 되고."

누가 봐도 장점만 가득한 상황.

문제는 가장 중요한 데이트를 해줄 상대가 없다는 것이었다.

"그럼 저랑 데이트하실래요?"

"뭐?"

"전 이브에 약속도 없고. 저랑 데이트하면 해결되는 거 아닌가요?"

"나가세랑…… 데이트를?"

듣고 보니 확실히 좋은 생각일지도 모르겠다.

나가세 아이리의 성벽은 백합 계통.

유이카나 사유키처럼 S속성도 M속성도 갖추지 않았고 모든 일상생활을 BL 책 소재로 변환시키는 마오와 달리 함께 있어도 케이키에게 직접적인 피해는 없겠지.

당연히 데이트 중에 노팬티를 즐기는 노출 취미도 없을 거고.

아이리는 변태 소녀 중에서도 비교적 안전한 여자애라고 할 수 있었다.

"확실히 도움은 되겠지만…… 그래도 괜찮겠어?"

"뭐가요?"

"아니, 나가세는 남자를 싫어하잖아."

"아아, 그거라면 문제없어요."

케이키의 걱정을 그녀는 싹둑 잘라버렸다.

"왜냐하면 전 키류 선배를 꽤 좋아하니까."

"뭐?!"

"좋아한다고 해도 물론 연애적인 의미로 좋아하는 건 아니지만요."

"그렇겠지—."

"아, 혹시 착각하셨나요?"

"안 했거든요."

안 했으니까 웃는 얼굴로 놀리려고 하지 말았으면 좋겠다.

다만 그렇다 해도 남자를 싫어하는 그녀 입에서 '좋아한다'는 말이 나왔다는 사실에 놀랐다.

"그래서 어떻게 하실래요?"

선배에게 달렸다는 듯이 아이리가 물었다.

아무래도 농담으로 하는 말은 아닌 듯했다.

어떤 사정이 있더라도 크리스마스에 일정을 채울 수 있다면—.

"부탁드립니다! 크리스마스에 저랑 데이트해주세요!"

◇

그리고 12월 24일. 크리스마스 데이트 당일 아침.

여유롭게 집을 나온 케이키는 약속 장소를 향해 걸어갔다.

오늘은 평소 이상으로 사복에 기합을 넣었다. 청결한 느낌을 주는 슬랙스에 터틀넥, 가벼운 코트로 추위 대책에도 만전을 기했다.

잡지 코디를 그대로 차용한 것뿐이지만 직접 고르는 것보다 낫겠지.

"상대는 그 나가세니까."

차림새에는 엄격해 보이는 스타일이라 꽤 신경을 썼다.

"그건 그렇고 나가세랑 데이트하게 될 줄은 몰랐는데."

처음 아이리와 만났을 때, 그녀는 케이키를 바람둥이라고 생각하고 있었지만 용케 이 정도까지 친해졌다.

체육대회에서 고양이가 훔친 팬티를 되찾아주고.

남자혐오증을 극복하기 위해 수영 팬츠 보이즈를 결성하기도 하고.

그녀와의 만남을 떠올리자 자연스럽게 미소가 지어졌다.

"—오, 있다, 있다."

약속 시간 10분 전, 역 앞 광장에 도착하자 시계 기념비 밑에 여자아이가 한 명 덩그러니 서 있었다.

이쪽이 말을 걸기 전에 상대가 먼저 눈치챘는지 고개를 들었다.

"아, 케이키 선배."

"응? 유이카?"

약속 장소에 있던 사람은 나가세 아이리가 아닌 코가 유이카였다.

털실 원피스에 검은 타이츠를 조합하고 흰색 데님 재킷을 걸친 모습으로.

어깨에 귀여운 가방을 메고 머리도 멋지게 세팅해 평범한 일본인과는 다른, 외모에 꽤나 신경을 쓴 그녀가 웃는 얼굴로 케이키를 맞이했다.

"왜 유이카가 여기에?"

"오늘 데이트 상대가 유이카니까요."

"뭐?"

유이카가 데이트 상대라고?

예기치 못한 사태에 혼란스러워하고 있는데 주머니 속 스마트폰이 울렸다.

"문자……?"

확인해보니 아이리가 보낸 메시지가 도착해 있었다.

『유이카를 제대로 에스코트해주세요, 파이팅♪』

"나가세에에에에에에에에에?!"

겨우 이해했다.

그 후배는 처음부터 데이트를 할 생각 따위 없었던 것이다.

진짜 목적은 이날, 이 장소에서 케이키와 유이카를 만나게 하는 것.

완벽하게 잊고 있었지만 나가세 아이리는 유이카가 만든 『케이키 노예화 계획』의 협력자였다.

속았다는 걸 깨달았을 때는 이미 모든 것이 늦은 후였다.

"나가세! 이건 어떻게 된 일이지?!"

약속 장소에서 유이카와 조우한 후 역에 있는 공중화장실로 달려간 케이키는 아이리에게 전화를 걸어 곧바로 외쳤다.

『자, 자, 진정하세요, 키류 선배.』

전화 너머로 아이리가 타이르는 듯한 말투로 말했다.

『이건 제가 준비한 크리스마스 선물이에요.』

"크리스마스 선물?"

『여자친구가 없는 외로운 키류 선배한테 미소녀와의 데이트를 선물할게요 ♪』

"지금 나랑 싸우자는 거야?"

『대체 뭐가 불만이에요? 크리스마스이브에 여자애랑 데이트할 수 있게 됐으니까 좋은 거 아니에요?』

"데이트 당일 상대가 바뀌면 그건 사기야."

게임기 상자를 열었더니 무선조종기가 들어있는 것과 같은 기분이었다.

"……참나, 모처럼 나가세랑 데이트할 수 있을 줄 알았는데."

『네? ……저와의 데이트를 기대하고 있었어요?』

"아, 아니, 그건……."

『…….』

"……."

왠지 미묘한 분위기로 변하고 말았다.

그 분위기를 떨쳐버리려는 듯 아이리가 소리를 높였다.

『무, 뭐, 그건 그렇다 치고! 오늘은 유이카를 에스코트해 주세요!』

"뭐……?"

『오늘 유이카는 선배가 생각하는 이상한 짓은 안 할 테니까요.』

"무슨 뜻이야?"

『글쎄요, 무슨 뜻일까요?』

무언가가 함축되어 있는 말투로 아이리가 얼버무렸다.

『하지만 유이카가 이 데이트를 기대하고 있었던 건 사실이에요. 다른 선배들에게 지기 싫다고 저에게 상담했었거든요. 어지간히 키류 선배랑 보내고 싶었나 봐요.』

"유이카가……."

코가 유이카의 최종 목표는 케이키를 노예로 만드는 것.

그걸 알면서도 심쿵하고 마니까 여자는 치사하다.

『유이카 귀엽죠?』

"……목적이 날 노예로 만드는 것만 아니었다면."

그나마 유일한 반항으로 미움받을 말을 했다.

멋쩍음을 감추는 게 빤히 보이는지 전화 너머로 아이리가 키득거리며 웃었다.

『유이카를 잘 부탁드려요.』

"뭐, 알았어."

귀여운 후배가 이렇게까지 말하는데 그냥 돌아갈 순 없겠지.

『아, 하지만 유이카를 덮치거나 하면 용서 안 할 거예요?』

"굳이 말하자면 내가 덮쳐지는 쪽인데."

키류 케이키는 동정남.

여자를 호텔로 데리고 갈 용기 따위 공교롭게도 갖고 있지 않았다.

오히려 유이카에게 억지로 납치, 감금당할 것 같아서 무서웠다.

대화를 대충 끝내고 전화를 끊은 후 세면대 거울로 옷차림을 체크했다.

"유이카도 기합이 들어간 것 같으니까."

평소에도 미소녀지만 멋을 낸 유이카는 평소의 몇 배는 더 귀여웠다.

목적이 어떻든 간에 자신에게 보여주기 위해 노력했다고 생각하면 기뻐진다. 남자라는 생물은 단순한 것이다.

화장실을 나온 케이키는 서둘러 약속 장소로 돌아갔다.

"오래 기다렸지?"

"어서 와요. 아이리와의 통화는 끝나셨어요?"

"다 알고 있었어?"

"······역시 상대가 유이카라서 화난 거예요?"

"화난 거 아니야."

"정말요? ······케이키 선배가 싫다면 역시 관둬도······."

불안한 듯 올려다보는 유이카.

그런 후배에게 손을 뻗어 머리 위에 올렸다.

"모처럼이니까 이대로 데이트하자. 이렇게 꾸몄는데 아무데도 안 가는 건 아깝잖아."

"케이키 선배······."

"다만 데이트할 때 한 가지 조건이 있어."

"조건?"

"오늘 하루는 변태 금지! 청초한 척하다가 마지막에 SM 플레이를 펼치는 건 없는 방향으로 부탁해."

"아, 역시 농락 작전에 대해 알고 있었네요."

"그렇게 노골적이면 무시할 수 없잖아."

4명의 변태가 갑자기 청초한 여자를 흉내를 내기 시작했으니 의심하는 게 당연하지.

설마 흑막이 시호일 줄은 몰랐지만 그건 어쨌든.

"알겠어요. 오늘은 그런 건 쉴게요."

"뭐? 그렇게 쉽게?"

"애초에 유이카도 그럴 생각이었으니까요."

"그래?"

잘은 모르겠지만 오늘은 도S인 유이카를 봉인해줄 것 같았다.

자주적으로 변태 플레이를 삼간다면 그것보다 좋은 건 없겠지.

"그럼 슬슬 갈까?"

"그래요. 그럼—."

데이트 상대를 향해 유이카가 손을 내밀었다.

"손, 잡아주세요."

"그건 설마, 노예가 도망치지 않도록 쇠사슬로 묶으려고……?"

"아니에요. 오늘은 그런 건 안 하겠다고 했잖아요."

"그랬지."

변태를 경계한 나머지 오히려 케이키의 거동이 수상해져 있었다.

"그냥 손을 잡는 것뿐이에요."

"아아, 응…….."

새삼스럽게 듣고 보니 왠지 쑥스러웠다.

어딘가 신선한 기분으로 케이키는 가만히 그녀의 손을 잡았다.

"에헤헤."

쑥스러운 듯 웃는 후배가 귀여워서 이쪽까지 쑥스러워졌다.

(……뭐지? 변태 플레이를 뺀다면 이건 정말 단순한 데이

트잖아?)

크리스마스이브에 여자애랑 만나서 함께 거리로 나간다.

게다가 변태 플레이가 옵션에 포함되어 있지 않다면 그건 세간에서 일반적으로 말하는 『평범한 데이트』와 다르지 않다.

(아니, 아니, 단언하긴 아직 일러. 방심하게 해놓고 마지막에 나의 정조를 맛있게 빼앗을 생각인지도 모르고.)

자신의 안일함에 지금까지 몇 번을 배신당해왔던가.

지금은 제대로 자기 의사를 표명돼야 했다.

"나, 난 그렇게 쉬운 남자가 아니야!"

"왜 계속 툴툴대는 거예요? —자, 됐으니까 빨리 가요."

"으, 으응……."

케이키의 손을 이끌고 그녀는 역으로 향했다.

이렇게 코가 유이카와의 크리스마스 데이트가 시작되었다.

지하철에서 내려 역을 나가자 거리는 크리스마스 일색이었다.

어딜 봐도 크리스마스 장식으로 반짝거리고, 여기저기에서 크리스마스 노래가 울려 퍼지고 있었으며 케이크 가게 앞에서는 수염을 기른 산타가 스페셜 케이크를 팔고 있었다.

거리를 걷는 사람들도 어쩐지 즐거워 보였다.

"왠지 커플이 많네요."

"뭐, 이브니까."

거리에는 커플의 비율이 높았다.

어쨌든 오늘은 12월 24일.

1년에 한 번 있는 일대 이벤트 당일.

(쇼마나 오니즈카도 지금쯤 어딘가에서 데이트하고 있 겠지.)

메구미가 정한 2주의 연애 금지 기한은 이미 끝난 후였다.

정식으로 나오야와 커플이 되었고 이브에는 데이트할 거 라고 얼마 전에 행복한 듯 가르쳐주었다.

"……."

힐끔 유이카의 옆모습을 훔쳐보았다.

지금은 손을 잡고 있진 않지만 옆에서 걷는 후배는 기분 이 좋아 보였다.

"케이키 선배랑 데이트하는 거 오랜만이네요."

"그러고 보니 그러네."

이전에 유이카와 데이트한 건 5월. 그녀의 본성이 발각되 기 전의 일이었다.

"그럼 오늘은 어떻게 할까요?"

"역시 영화관이나 노래방이 정석이려나?"

"이의 없어요."

책을 좋아하는 유이카는 영화도 정말 좋아했다.

영화관에는 자주 가지 않는 것 같으니까 이런 기회에 가 보는 것도 좋겠지.

하지만 케이키와 유이카는 잊고 있었다.

오늘이 크리스마스이브라는 걸—.

"……."

"……."

30분 후, 두 사람은 길거리에 멍하니 서 있었다.

"역시 이브……."

"영화관도 노래방도 만실이었어……."

그래, 12월 24일은 커플이 일제히 데이트를 하는 날.

1년 중 가장 데이트 스폿이 붐비는 날이었다.

게다가 올해는 휴일과 겹쳐져서 오락 시설에 많은 리얼충들이 몰려든 상태였다.

기본이자 정석인 시설에 빈 곳이 없는 건 당연하다고 말할 수 있겠지.

"뭐, 줄을 서면 들어갈 수 없는 것도 아니지만."

"모처럼 하게 된 데이트에 계속 기다리기만 하는 건 별로예요."

"미안. 오늘 데이트 자체가 갑작스럽게 결정된 거라 계획을 짤 시간이 없었거든."

"그렇게 우울해하지 마세요. 케이키 선배랑 함께라면 어디든 즐거워요."

"뭐……? 그, 그래?"

"이렇게 말해서 선배를 두근거리게 해버리기."

"선배를 놀리지 마세요."

그렇게는 말했지만 얼굴이 빨개지는 걸 멈출 수 없었다.

그런 선배를 보며 방긋방긋 즐거운 듯 유이카가 웃었다.

(방심했어…… 도S를 봉인한 유이카의 파괴력이 이 정도일 줄이야…….)

하지만 실제로 변태라는 게 발각되기 전에 그녀는 이런 느낌이었다.

처음에는 무뚝뚝했지만 친해지면서 밝은 미소를 보여주게 되었고, 그녀가 웃으면 이쪽까지 행복해지는 기분이 들었다.

당시를 떠올리고 있는데 '에잇'이라는 귀여운 소리를 내며 그녀가 팔을 부둥켜안았다.

"저기…… 유이카? 뭐 하는 거야?"

"뭐, 어때요? 다들 이렇게 하고 있다고요."

"그건 진짜 커플이니까 그런 거고."

"안 돼요……?"

"안 되는 건 아니지만 부끄러운데……."

"대체 어디서 튀어나온 소녀예요? 사실은 귀여운 여자애한테 꽉 안겨서 기쁘면서."

"……."

사실이라 말대꾸를 할 수가 없었다.

실제로 전혀 악의는 느껴지지 않았고.

(왠지 오늘 유이카는 평소와 달리 적극적이네…….)

초반부터 팔을 부둥켜안다니, 완전히 예상 밖의 일.

그만큼 진심으로 케이키를 손에 넣을 생각일지도 모른다.

웃는 얼굴 뒤로 담담하게 노예화 계획을 진행시키고 있다면 엄청난 전술일 것이다.

"그럼, 지금부터 어떻게 할까요?"

"으─음, 글쎄……. 유원지는 복잡할 것 같고……."

"유이카도 사람들이 북적이는 곳은 싫어요."

"유이카는 비교적 집순이니까."

서예부 부원들이나 최근에는 아이리와도 친해진 유이카였지만 그녀는 원래 책이 친구인 집순이다.

"그냥 대충 아이 쇼핑하는 것도 괜찮은데요."

"그것도 괜찮을 것 같네."

하지만 오늘도 꽤 날이 찼다.

계속 밖에 있을 순 없었다.

적당한 가게라도 들어가려고 이동을 시작했는데,

""메리 크리스마스!""

새빨간 산타 옷을 입은 미녀 2인조가 말을 걸었다.

너무나 아름다운 산타들이 함께 휴대용 티슈를 내밀었다.

들고 있던 바구니에 같은 티슈가 가득 들어있는 걸 보면 티슈를 나눠주는 알바라는 건 상상할 수 있었지만 그것보다도—.

"아사히 누나랑 유우히 누나?"

"어머? 혹시 케이?"

"이런 곳에서 만나다니, 우연이네요."

산타 코스프레를 한 두 사람은 케이키와 아는 사이로, 아키야마 가의 쌍둥이 자매다.

머리가 짧은 쪽이 언니인 아사히.

머리가 긴 쪽이 동생인 유우히다.

"두 사람은 알바예요?"

"응. 크리스마스이브지만 남자친구도 없으니까 아사히랑 둘이서 외롭게 노동에 힘쓰고 있었지."

"그, 그렇군요……."

유우히가 이야기한 건 마음 아픈 지망 동기였다.

여동생의 설명에 아사히가 덧붙여 말했다.

"나도 특별히 약속이 없었거든. 쇼우도 코하루랑 데이트하기로 했고. 누나도 데리고 가라고 부탁했더니 절대로 안 된다고 하더라고."

"그야 그렇겠죠."

가족 동반 데이트라니 벌칙 게임 그 이상도 그 이하도 아니다.

"그러는 케이도 데이트? 뭔가 엄청 귀여운 애를 데리고 있는데."

"아, 네. 그렇게 됐어요."

아사히의 질문에 옆을 바라보자 유이카가 긴장한 모습으로 가볍게 인사를 건넸다.

"저기, 코가 유이카라고 합니다. 케이키 선배랑 같은 학교 1학년이에요."

"반가워요, 아키야마 아사히라고 해요."

"나랑은 전에 카페에서 본 이후 처음이지?"

"아, 네. 유우히 씨 맞죠? 아키야마 선배의 누님인."

그런 느낌으로 가볍게 자기소개를 끝내자 아사히가 유이카에게 질문했다.

"유이카는 혼혈이야?"

"그게, 혼혈이긴 하지만 쿼터예요."

"그렇구나. 귀엽네~."

"네에, 감사합니다……."

"저기, 머리 쓰다듬어도 돼? 그리고 꽉 안아 봐도 돼? 유이카 너무 귀여워…… 하아하아……."

"?!"

흥분해서 숨소리가 거칠어진 아사히가 다가오자 겁을 먹은 유이카가 작은 동물처럼 케이키에게 매달렸다.

"케, 케이키 선배……."

"아사히 누나, 유이카가 겁먹었으니까 그 정도만 하세요."

"어머, 아쉽네."

낯가림이 심한 소녀에게 아사히의 스킨십은 너무 격렬한 듯했다.

"사과의 뜻으로 산타가 이걸 줄게."

"……아, 감사합니다."

유이카가 아사히에게 휴대용 티슈를 받았고,

"케이도 하나 가져."

"감사합니다."

케이키도 유우히에게 같은 티슈를 받았다.

이런 티슈는 대부분 광고가 세팅되어 있다. 케이키와 유이카가 받은 그것도 다른 것과 다름없이 어떤 오락 시설에 대한 정보가 기재되어 있었다.

"수족관이라……."

여기서 버스로 갈 수 있는 수족관으로 크리스마스 이벤트도 개최되고 있는 듯했다.

"돌고래 특별 쇼가 펼쳐진다고 했어."

"그렇게 북적이지 않을 것 같던데. 아직 갈 곳이 정해지지 않았다면 괜찮을 거야."

아사히와 유우히가 솔깃한 정보를 알려주었다.

"어떻게 할래?"

"흥미가 좀 생기는데요."

"그럼 가볼까?"

"네."

낯가림 모드가 발동했던 후배의 얼굴에 미소가 돌아왔다.

쌍둥이 자매와의 생각지도 못한 만남을 거쳐 데이트 행선지가 결정되었다.

그 수족관은 버스로 30분 정도 이동한 곳에 있었다.

사람이 없는 건 아니지만 유원지나 백화점만큼 복잡하지 않고, 북적이는 걸 싫어하는 이용자에게 다정할 정도였다.

"케이키 선배, 상어! 상어가 있어요!"

"진짜네."

큰 수조 안을 느긋하게 헤엄치는 상어를 보고 유이카가 눈을 반짝거렸다.

같은 수조에는 그 외에도 많은 물고기가 보였고, 케이키가 '뭐지?' 하고 고개를 갸웃거렸다.

"다른 물고기랑 함께 있는데 상어한테 잡아먹히지 않는 건가?"

"배부르게 먹이를 줘서 잡아먹지 않도록 한다고 했어요."

"흐음, 잘 아네."

"유이카는 독서가니까요."

그러고 보니 그녀는 책벌레였다.

처음 만났을 때는 그야말로 책만 읽는 아이였고 서예부에 소속되고 친구와 보내는 시간이 늘어난 지금도 틈만 나면 책을 펼쳤다.

"유이카도 입학 당시에는 도서실 천사라고 불렸으니까."

"네? 그런 별명을 붙였었어요?"

"도서위원 선배들이 멋대로 그렇게 말한 것뿐이지만."

"처음 들어요."

"그 외에도 금발 소녀라든가."

"그건 겉모습 그대로잖아요."

그런 이야기를 나누며 큰 수조를 만족스럽게 구경하고 통로를 지나갔다.

수족관 내부 군데군데 꾸며놓은 크고 작은 가지각색의 수조, 그 안에서 살고 있는 생물들을 때때로 걸음을 멈추고 감상했다.

"내부가 꽤 어둡네요."

"안 추워?"

"괜찮아요. 감사합니다."

케이키의 배려에 유이카가 기쁜 듯 미소 지었다.

도S 모드일 때 짓는 비웃음과는 달리 태평한 미소가 귀엽고 귀중했다.

(왠지 방금 그건 평범한 연인들이 나눌 것 같은 대화였어.)

솔직히 엄청 좋았다.

여자 후배와 수족관 데이트라니, 문답무용으로 리얼충 같고.

무엇보다 이렇게 그녀와 보내는 시간이 즐거웠다.

"앗! 저것 좀 봐요, 케이키 선배! 펭귄이 있어요!"

"오—, 정말이네."

유이카가 가리킨 곳은 바다짐승 코너의 한 모퉁이.

흑백의 대중적인 펭귄 일행이 그들을 맞이했다.

펭귄이 거주하는 공간은 육지와 바다 구간으로 나뉘어 있었고, 그들은 수조 안에서 헤엄치거나 육지에서 긴장을 풀고 쉬면서 각자 펭귄 라이프를 즐기는 중이었다.

"그거 알아요? 펭귄을 세는 단위는 새를 세는 단위랑 똑같대요."

"그래, 일단 조류니까."

"귀엽죠? 물속에서는 기민한데 지상에서는 굼떠서 아장아장 걸어 다닐 수밖에 없는 모습이 심쿵 포인트예요."

"좀 이해가 되네."

확실히 저건 귀여웠다.

배를 깔고 엎드려 미끄러지듯 이동하는 모습도 심쿵 점수가 높았다.

"펭귄이라고 하니까 생각나는데 난죠가 개성적인 인형을 갖고 있었지."

"인형이요?"

"그래. 펭귄 중사라는 못생긴 인형. 전에 오락실에서 같이 땄는데 마음에 들었는지 방에 장식해뒀더라고."

슬럼프 사건으로 마오의 집에 찾아갔을 때 본 기억이 있었다.

소중히 아껴주고 있는 것 같아 무엇보다 다행이었다.

"으음……."

"유이카?"

"……유이카랑 데이트하고 있는데 다른 여자 이야기하지 마세요……."

"아, 으응……."

응? 뭐야, 이거. 너무 귀엽잖아.

노예에 대한 독점욕 같은 거라고 추측해야 하는 게 슬프지만 그걸 빼도 귀엽고 너무 소중한 모습이었다.

"벌로 케이키 선배는 유이카랑 펭귄 투샷 사진을 찍어주세요."

"딱히 벌이 아니라 해도 찍을 건데."

사진을 찍으려고 케이키가 스마트폰을 꺼냈다.

그런데 그때, 유이카가 무언가를 발견하고 '어라?'라고 소리를 높였다.

"저 애, 한 마리만 색이 다르네요."

그녀의 시선 끝에는.

공간 한구석에 혼자 멍하니 서성거리는 펭귄이 한 마리 있었다.

"정말이다. 특이하네."

크기로 봐선 어린 펭귄도 아닌 것 같은데 다른 개체와 비교해서 그 한 마리만 전체적으로 하얬다.

무리에서 떨어진 바위 근처에 덩그러니 서 있는 그 펭귄은, 동료 중에서 혼자 남겨진 것 같아 보기만 해도 외로워 보였다—.

"저 펭귄은 외톨이일까요……?"

그 모습을 유이카가 쓸쓸하게 바라보고 있었다.

그런데 그 하얀 펭귄에게 다른 펭귄이 다가왔다.

친해질 찬스일 줄 알았는데 흰 펭귄은 전력을 다해 위협하며 쫓아내 버렸다.

"우와……."

"저 아이, 마치 막 입학했던 유이카 같아요……."

입학 당시 도서실에서 혼자 책을 읽던 유이카.

누구와도 친해지지 않고 자신의 선택으로 고독해진, 외로움을 잘 타는 여자아이는 저 하얀 펭귄과 자신을 겹쳐보고 있겠지.

타인을 거부하는 듯한 저 오라는 분명 당시의 유이카와 통하는 게 있었다.

"아, 아까 그 아이가 또 왔어요."

그런 하얀 펭귄에게 다시 아까 그 펭귄이 다가왔다.

어지간히 용감한 건지 저 검은 펭귄은 과감하게 하얀 펭귄에게 몸을 문질렀다.

흰 펭귄은 포기한 것인지 아니면 아까 그 위협은 멋쩍음을 감추기 위한 행동이었던 건지, 이번에는 상대를 거부하지 않았다.

딱 붙은 두 마리는 서로의 몸에 주둥이를 대고 날개를 가다듬기 시작했다.

그 광경에 유이카가 눈을 크게 뜨고 안심한 듯 미소 지었다.

"다행이다. 사이좋은 펭귄이 있었네요."

"그러게."

가족인지 친구인지 혹은 연인인지는 모르겠지만 그래도 두 마리의 사이좋은 모습이 전해졌다.

"……케이키 선배도 저런 식으로 유이카에게 말을 걸어줬었죠."

"뭐?"

"후훗, 아무것도 아니에요."

케이키가 되묻자 얼버무리듯 유이카가 웃었다.

"자, 다음으로 가요!"

미소가 돌아온 후배가 케이키의 손을 잡고 서두르듯 걷기 시작했다.

물론 그 제안을 거절할 이유는 없었다.

수족관 데이트는 이제 막 시작되었다.

◇

그 이후 케이키와 유이카는 수족관을 만끽했다.

수조 터널을 빠져나가 맞닿은 코너에서 불가사리나 소라게와 장난도 치고 돌고래 쇼를 구경하기도 했다.

점심은 수족관 안 푸드 코트에 들어가 수족관에서 먹는 해산물 카레라는 뭔가 철학적인 느낌의 메뉴를 맛있게 먹었다.

그렇게 기념품을 팔고 있는 상점을 나왔을 때였다.

"아, 있다, 있다, 케이!"

"유이카도 함께 있네."

갑자기 낯익은 두 명의 산타가 달려왔다.

뭔가 서두르는 모습의 아사히와 유우히에게 케이키가 물었다.

"두 사람 다 왜 그러세요?"

"그 이후 클라이언트한테 전화가 왔었거든. 티슈 나눠주는 건 이제 됐으니까 이벤트를 도와줬으면 좋겠다고."

"이벤트요?"

"이건데."

유우히가 내민 전단지를 받아들었다.

거기에는 『모여라, 커플☆공주님 안기 콘테스트』라는 문자가 약동하고 있었다.

"모여라, 커플……."

"공주님 안기 콘테스트……?"

케이키와 유이카가 함께 고개를 갸웃거렸다.

"이게 대체 뭐예요?"

"그냥 글자 그대로 커플이 공주님 안기로 사랑의 크기를 겨루는 콘테스트야."

"뭐가 뭔지 모르겠는데요."

그러자 아사히 대신 유우히가 설명해주었다.

"요컨대 남자친구가 여자친구를 공주님 안기로 들어서 지구력 승부를 하는 거야. 우승하면 3천 엔짜리 도서 카드를 받을 수 있대."

"3천 엔이라. 꽤 배짱이 크네요."

호화로운 우승 상품과는 대조적으로 아사히가 지친 어조로 투덜댔다.

"하지만 좀처럼 참가자가 모이질 않아서……. 일단 데이트 중인 쇼우랑 여자친구는 소집했는데."

"데이트 중인데 소집된 거예요……?"

정말 딱하군.

"그래서 케이키도 참가해주면 고마울 것 같은데…… 어때?"

"으─음…… 전 괜찮은데 유이카는……."

옆을 확인하니 유이카가 집어삼킬 듯한 눈빛으로 전단지를 보고 있었다.

"케이키 선배……."

"왜?"

"유이카, 이거 필요해요!"

"뭐, 3천 엔이면 문고본을 꽤 많이 살 수 있겠지."

고등학생에게 3천 엔은 컸다.

책을 좋아하는 사람에겐 참을 수 없는 상품일 것이다.

"우승할 수 있을지 모르겠지만 나가볼래?"

"네!"

이렇게 귀여운 후배에게 도서 카드를 선물하기 위해 크리스마스 이벤트에 참가하게 되었다.

"시간 되면 부르러 올 테니까 대기실에서 기다려."

아사히가 가르쳐준 장소로 향하자 앞서 말한 대기실이 있었다.

회사에 흔히 있는 회의실 같은 곳으로 테이블과 파이프 의자만이 몇 개 놓인 방. 안에 들어가자 먼저 온 두 명의 손님이 있었다.

"뭐야, 케이키랑 코가잖아."

"특이한 곳에서 만났네요."

의자에 앉아 편안하게 쉬고 있던 건 멋을 낸 복장의 쇼마와 어른스러운 복장으로 모양을 낸 코하루 커플이었다.

"여기 왔다는 건 케이키도 이벤트에 참가하는 거야?"

"그래, 쇼마도 나온다며. 아사히 누나한테 들었어."

"맞아. 거리에서 데이트하고 있는데 이벤트 참가자가 없어서 곤란하다는 전화가 왔었거든."

"여름방학에 수영장 알바를 했을 때 참가자가 안 모여서 힘들었으니까. 그때 고생한 게 생각나서 참가할 수밖에 없었어요."

"코하루 선배도 울상을 하고는 참가자를 찾고 있었죠."

서예부 멤버와 아직 부원이 아니었던 미즈하까지 함께 수영장에 갔을 때의 이야기였다.

그 이벤트의 경우 상품이 맥 빠졌던 게 원인이었지만…….

참가자가 모이지 않는 슬픔을 알고 있는 코하루는 요청을 거절할 수 없었을 것이다.

"키류는 코가랑 데이트하고 있었나요?"

"네, 아사히 누나랑 유우히 누나가 이 수족관을 알려줘서."

"그리고 도서 카드를 위해 이벤트에 참가하려고요."

케이키가 답하고 유이카가 이벤트 참가 이유를 설명했다.

상대가 아는 사람이라 유이카도 편한 모습이었다.

그리고 그곳에 또 한 쌍의 커플이 찾아왔다.

"안녕하세요. 대기실이 여기인가요—, 어라?"

대기실로 들어온 커플 중 『여자친구』가 케이키와 일행을 보고 눈을 동그랗게 떴다.

"키류랑 코가잖아요. 아키야마에 소문으로만 들었던 합법 로리 선배까지?"

"와아, 이런 곳에서 만나다니, 우연이네."

초등학교부터 알고 지낸 소꿉친구 사이이며 이번에 정식으로 사귀기 시작한 오니즈카 메구미와 이누이 나오야. 두 사람이 놀란 듯 말했다.

"오니즈카도 왔구나."

"맞아요. 역 앞에서 굉장히 아름다운 산타한테 티슈를 받았거든요."

"모처럼이니까 가보자는 이야기가 나와서."

"우리도 똑같아."

그녀와 이누이 선배도 쌍둥이 산타에게 이끌려 온 듯했다.

아는 커플이 두 쌍이나 같은 장소에 모이다니, 이상한 우연도 다 있군.

"여기 있다는 건 키류도 이벤트에?"

"으응, 유이카가 도서 카드를 갖고 싶어 해서."

"흐음……."

그러자 옆으로 다가온 메구미가 작은 목소리로 물었다.

"……혹시 키류, 코가랑 사귀기 시작한 거예요?"

"아니, 사실은 나가세랑 데이트할 생각이었는데 웬일인지 유이카랑 하게 됐어."

"네? ……응? 무슨 소리예요……?"

단편적인 정보만 전하자 메구미가 혼란스러워했다.

그런 같은 반 친구에게 이번에는 쇼마가 물었다.

"오니즈카도 이벤트에 참가하는구나."

"아, 맞아요, 맞아. 모처럼의 크리스마스 데이트니까 커플다운 일을 해보고 싶어서요."

"이해해요, 이해해! 공주님 안기는 여자들의 로망이잖아요!"

"오오, 알아주시는 건가요? 오오토리 선배!"

코하루와 메구미가 의기투합했다.

오늘 처음 만나는 사람도 있었기 때문에 가볍게 자기소개를 하고는 6명이 시시한 이야기로 꽃을 피우고 있는데 이윽고 산타 코스프레를 한 쌍둥이 자매가 찾아왔다.

"그럼 여러분, 슬슬 이벤트 시간이니까 스테이지로 이동해주세요!"

"우리를 따라오세요."

"""""""""네—에!"""""""""

아사히와 유우히의 유도에 참가자인 우리는 줄줄이 이동을 시작했다.

이벤트 무대는 수족관 밖에 있는 광장에 설치되어 있었다.

철 파이프와 베니어판으로 발판을 만든 간이 무대였지만 설비도 꼼꼼하게 되어 있고 생각보다 본격적으로 꾸며져 있었다.

"관객들이 꽤 있네."

"아이들을 데리고 온 손님도 있어요."

이렇게 차가운 날씨에도 무대 앞에는 커플이나 아이를 데리고 온 가족 등이 모여 꽤나 붐비고 있었다.

"여러분! 모여 주셔서 감사합니다! 지금부터 크리스마스 한정 이벤트, 공주님 안기 콘테스트를 개최하겠습니다! 사회는 저 아키야마 아사히와ー."

"아사히의 쌍둥이 동생 아키야마 유우히가 보내드리겠습니다! 마지막까지 함께 해주세요!"

관객들은 무대 위의 아사히와 유우히에게 박수를 보냈다.

차가운 날씨에 티슈를 나눠주다가 갑자기 무대에 서게 되고, 산타 아르바이트도 고생이다.

"그럼 오늘의 참가자를 소개하겠습니다! 스테이지 쪽에서 볼 때 오른쪽부터, 오니즈카 메구미 씨와 이누이 나오야 씨 페어! 두 사람은 소꿉친구로 최근 사귀기 시작했다고 합니다."

"소꿉친구 커플이라니 멋지네요."

"이어서 코가 유이카 씨와 키류 케이키 씨 페어! 이 두 사람은 고등학교에서 동아리도 위원회도 같은, 사이좋은 선후배 사이라고 합니다."

"선후배 관계라니, 예전에 동경했었는데."

"그리고 3번째 커플은 오오토리 코하루 씨와 아키야마 쇼마 씨 페어! 쇼마는 저희의 남동생이랍니다!"

"코하루 씨는 언뜻 보기엔 로리지만 실은 고등학교 3학년생이니까 신고는 삼가주십시오."

유우히의 농담에 관객들이 웃음을 터뜨렸다.

두 사람 모두 꽤 능숙한 사회 솜씨를 보여주었다.

"그럼 규칙을 설명하겠습니다. 남자분이 여자분을 공주님 안기로 안아들고 그 상태를 마지막까지 유지한 페어의 승리입니다!"

"우승한 팀에게는 3천 엔짜리 도서 카드를 선물로 드리니까 열심히 해주세요."

아사히와 유우히에 의한 규칙 설명이 끝나고 드디어 메인 이벤트 차례.

"상대가 키류라고 해도 승부에 나선 이상 대충하진 않을 거예요!"

"유이카도 도서 카드를 위해 열심히 할 거예요!"

"나도, 이왕 할 거면 전력을 다할 거예요!"

여자들끼리 뭔가 투지를 불태웠다.

"주로 최선을 다해야 하는 건 우리들인데."

"세 사람 모두 몸집이 작아 다행이야."

케이키와 쇼마가 그런 감상을 늘어놓자,

"난 집돌이라 자신 없는데……."

나오야가 불안한 듯 중얼거렸다.

"그럼 남자분들은 준비해주세요!"

아사히의 지시에 따라 케이키는 무대 중앙에서 유이카와

마주 보았다.

"그럼……부탁드릴게요."

"으, 으응……."

지금까지 몇 번인가 그녀의 몸을 만진 적은 있었다.

손을 잡거나 팔짱을 끼거나 약간의 사고로 가슴을 주무른 적도 있었다.

그래도 이렇게 새삼스럽게 만지려니까 긴장이 됐다.

그런 심정을 눈치채지 못 하도록 오른손을 유이카의 어깨에, 왼손을 다리 쪽에 대고 단숨에 그녀를 들어 올렸다.

몸집이 작은 유이카는 그만큼 가벼웠고 간단히 공주님 안기로 안아들 수 있었다.

"……무겁다고 하면 평생 말을 못 하게 해줄 거예요."

"그런 말 안 해."

귀여운 대사에 무심코 미소가 새어나왔다.

좌우를 확인해보니 쇼마와 나오야도 똑같이 파트너를 안고 있었다.

"자, 드디어 시작된 공주님 안기 콘테스트! 쓰러지면 실격이니까 왕자님들은 공주님들이 떨어지지 않도록 최선을 다해주세요♪ 그럼 바로 각각 커플의 상태를 실황 중계해보도록 하죠!"

그건 그렇고 아사히 누나, 기분이 엄청 좋아 보이네.

원래 밝고 활기찬 사람이라 이런 일이 잘 어울리는 걸지도 모른다.

"쇼마 씨는 코하루 씨를 가볍게 안아들고 있네요. 과연 안정적인 느낌이 있어요!"

"홋, 난 날마다 테니스로 단련하고 있으니까."

그렇게 말하며 쇼마가 여유로운 미소를 보여주었다.

"코하루는 가벼워서 계속 안고 있을 수 있어."

"후후. 쇼마에게 안길 수 있다면 평생 작은 몸집으로 살아도 돼요."

믿음직스러운 쇼마의 말에 그의 품속에서 코하루가 방긋 웃었다.

"이거 뭐죠? 남동생의 여자친구가 너무 귀여운데요?!"

"이건 살인적인 귀여움이에요……."

남동생 여자친구의 귀여움에 쌍둥이 자매가 몸부림쳤다.

귀여운 건 만국공통이다. 열렬한 두 사람의 모습에 관객들도 흥분했다.

"케이키 씨랑 코가 씨 페어도 느낌이 좋네요."

"뭐, 저한테 걸리면 낙승이죠."

코하루 정도는 아니지만 유이카도 꽤 체격이 작고 가벼웠다.

전혀 무겁지 않다고 말한다면 거짓말이겠지만 당분간은 이 상태를 유지할 수 있겠지.

굳이 말하자면 위험한 건 메구미와 나오야 커플인데—.

"크윽……무거워……."

"실례잖아요?! 난 여자 중에서도 가벼운 편이라고요!!"

사랑스러운 소꿉친구의 중량에 나오야가 몸을 부들부들 떨고 있었다.

그런 커플의 대화에 이벤트장에서 웃음이 흘러나왔다.

"어머머, 이쪽은 아무래도 고전하고 있는 것 같네요."

"아무리 여자라고 해도 사람은 꽤 무거운 법이니까요."

사회를 맡은 두 사람이 만회하기 위해 덧붙인 말이 메구미에게 재차 타격을 줬다.

"나오, 힘내요! 이대로면 다들 날 엄청 무거운 애라고 생각할 거예요!"

"미안, 메구미…… 하지만 난 집돌이……라서……."

"나오오오오오오오?!"

그렇게 결국 나오가 쓰러졌다.

"오오, 이누이 씨, 견디지 못하고 쓰러지고 말았는데 괜찮으신가요?! ……아, 다시 일어나셨네요."

성대하게 쓰러진 나오야와 메구미였지만 아무래도 무사한 듯했다.

"미안, 메구미, 괜찮아?"

"……당분간 나오랑은 말 안 할래요."

"말도 안 돼!!"

만족스럽게 공주님 안기를 해내지 못했다는 이유로 메구

미가 화를 내고 있었다.

그런 그녀를 보며 어쩔 줄을 몰라 당황한 나오야가 물었다.

"참고로 기간은 어느 정도인데?"

"……1, 10분 정도?"

메구미의 대답에 이벤트장에 있던 모두가 의자에서 떨어질 뻔했다.

하마터면 케이키도 공주님을 떨어뜨릴 뻔했지만 어떻게든 견뎠다.

"파국의 위기인 줄 알았지만 사실 화내는 것처럼 보여도 그냥 콩냥대는 것뿐이었네요♪ 제길, 너무 부러워요!"

"아쉽지만 실격이 됐으니 두 사람은 무대에서 내려가 주세요."

유우히의 지시에 따라 실격된 두 사람이 무대 옆으로 이동했다.

"오니즈카 씨 커플이 탈락해버렸기 때문에 지금부터는 코가 씨 커플과 오오토리 씨 커플의 일대일 대결이 되겠습니다!"

"이건 시작하자마자 파란의 전개가 펼쳐지고 말았네요."

이벤트 개시부터 5분도 지나지 않은 사이에 메구미와 나오야가 실격 당했다.

(근데 진짜로, 이거 은근히 힘든 것 같아…….)

유이카가 무거운 건 아니었다.

하지만 아무리 몸집이 작다고 해도 그녀는 고등학생.

평균적인 근력밖에 없는 케이키가 계속 안고 있는 건 체력적으로 꽤 힘든 일이었다.

힐끗 오른쪽을 엿보다 눈이 마주치자 쇼마가 피식 웃었다.

"포기할 거면 빨리하는 게 좋지 않겠어?"

"아니, 아직 할 수 있거든."

"훗. 생각보다 제법이잖아, 케이키."

"너도야, 쇼마."

허무한 미소를 지으며 서로의 건투를 빌었다.

"하지만 미안해. 이번만은 질 수 없어."

"뭐? 무슨 말이야?"

"여기서 이기면 코하루가 뺨에 뽀뽀해주기로 했거든!"

"그래서 진심을 다하는 거였군!"

데이트 중에 반쯤 강제적으로 이벤트에 참가했는데도 생기가 넘치는 것 같더니 그런 거래를 했을 줄이야.

하지만 아무리 코하루가 초경량이라고 해도 30킬로 이상은 될 것이다.

그건 즉 10킬로짜리 쌀을 3개 이상 안고 있는 것과 같았다.

스포츠로 단련하고 있는 쇼마라 해도 계속 안고 있을 순 없을 것이다.

사실 이미 한계가 가까워진 케이키처럼 쇼마의 얼굴에도 땀이 맺혀 있었다.

"크윽……!"

"어어, 케이키 씨, 괜찮나요?!"

"괘, 괜찮……아요…….."

순간 유이카를 떨어뜨릴 뻔했지만 기합을 넣으며 견뎠다.

"케이키 선배, 열심히 하세요."

"그래…… 하지만 솔직히 좀 힘들 것 같아…….."

이벤트 개시로부터 10분 정도 경과했을까. 이미 양손은
마비되어 있었다.

지는 건 시간문제일지도 모른다.

고전하는 케이키에게 유이카가 어리광부리는 듯한 목소
리로 말했다.

"우승해주면 멋진 상을 줄게요."

"상?"

"케이키 선배의 소원을 뭐든 한 가지만 들어줄게요."

"뭐……라고?"

뭐든?

그건 설마, 평소라면 주저할 만한 살짝 야한 부탁도 들어
준다는 걸까?

아니, 아니, 물론 직접적으로 성희롱을 할 생각은 없었다.

그런 건 아마추어나 하는 일. 평소에는 못 하는 요구로,
게다가 상대에게 미움받지 않을 아슬아슬한 라인을 공격해
야겠지.

(그 명령권만 있으면 외설스러운 코스튬도 입게 할 수 있는 거 아닌가……?)

학교 수영복이나 간호사 복장.

옆트임이 있는 차이나 드레스도 괜찮을 것 같았다.

이미 스마트폰 안에는 바니걸의 유이카, 메이드 차림의 유이카 등, 귀여운 후배의 사진이 몇 장 저장되어 있었다.

그 안에 새로운 컬렉션이 추가되는 것이다.

그건 뭐랄까— 최고의 크리스마스 선물이겠지.

"우오오오오오오오오오! 한 번 해보자고오오오오오오오오오!"

에로의 힘은 무한대.

유이카가 코스프레한 모습을 상상한 것만으로도 온몸에 힘이 넘쳐흘렀다.

"오옷?! 여기서 케이키 씨가 회복하는데요?! 유이카 씨가 뭐라고 귓속말을 했는데 어지간히 기운이 나는 말을 들은 모양이네요."

"남자는 단순하니까요."

사회자인 아사히와 유우히가 뭐라고 하든 관계없었다.

지금은 그저 우승을 위해 공주님 안기를 유지할 뿐이었다.

"미안하다, 쇼마. 나도 쉽게 질 수 없게 됐어."

"그렇게 나와야 케이키지."

여자 후배에게 코스프레를 시키기 위해.

사랑하는 선배의 키스를 받기 위해.

각자의 욕망을 이루기 위해 번뇌투성이인 두 명의 왕자님이 마지막 승부에 도전했다.

"우오오오오오오오오오오오오오!!"

"하아아아아아아아아아아아아!!"

이미 한계를 뛰어넘은 케이키와 쇼마가 우렁차게 외쳤고 그에 호응하듯 이벤트장의 분위기도 뜨거워졌다.

큰 환호성 속에 이뤄진 아마도 세상에서 가장 하찮은 진검승부.

과연 그 승패는—.

◇

"우승 못 해서 미안…….."

수족관에서 역으로 향하는 버스 안, 가장 뒷자리에 앉은 케이키는 패배의 쓴맛을 음미하고 있었다.

결국 우승은 쇼마와 코하루 커플에게 돌아갔고 유이카에게 도서 카드를 선물할 수 없었다.

"신경 쓰지 마세요. 케이키 선배가 최선을 다해줘서 기뻤으니까."

"그래?"

"네. ……그리고 정말 원했던 건 손에 넣었으니까."

그렇게 말하는 그녀가 손에 넣은 건 한 장의 사진.

그건 참가상으로, 참가자 전원에게 나눠준 것인데 각자 파트너를 공주님 안기로 안고 있는 모습을 담당자가 찍어준 것이었다.

전단지를 받았을 때, 아래쪽에 작게 참가상에 대해 적혀 있었다고 한다.

"……후훗♪"

이벤트 사진을 기쁜 듯 바라보는 유이카.

그렇게까지 기뻐하다니, 참가한 보람은 있었던 모양이다.

"아, 맞다, 유이카."

"왜요?"

고개를 든 유이카를 향해 상의 주머니에서 꺼낸 작은 봉투를 내밀었다.

"잊어버리기 전에 주려고. 내가 주는 크리스마스 선물이야."

"선물?"

포장지를 벗기고 내용물을 꺼낸 그녀는 눈을 동그랗게 떴다.

"이건……."

펭귄 모양을 본뜬 키홀더였다.

그녀가 펭귄을 열심히 보길래 수족관 기념품 가게에서 발견한 그걸 몰래 사뒀다.

"유이카가 펭귄을 좋아하는 거 같길래."

"감사합니다. 소중히 아낄게요."

기뻐해주는 모양이다. 선물을 가슴에 품은 유이카가 꽃과 같은 미소를 보여주었다.

"아, 하지만, 유이카는 아무것도 준비 못 했는데……."

"아니, 괜찮아."

"안 괜찮아요. 여기서 보답을 안 하면 코가 가문의 체면이 말이 아니게 된다고요."

"그렇게 과장 안 해도—."

"쪽."

"?!"

케이키가 하던 말이 기습적인 『볼 뽀뽀』에 가로막혔다.

"후훗, 유이카가 주는 크리스마스 선물이에요."

"으, 으응……."

"마음에 드세요?"

"영광스럽기 그지없습니다."

너무 쑥스러워서 이상한 말이 튀어나오고 말았다.

귀여운 여자아이에게 키스받고 기쁘지 않을 남자는 없었다.

"그런데 케이키 선배?"

"응?"

"혹시 우승했으면 유이카에게 어떤 명령을 내릴 생각이었어요?"

"……노코멘트."

전력을 다해 눈을 피하자 이상하다는 듯 유이카가 웃었다.

수족관을 만끽하고 선물도 건넸다.

역에 도착해 지하철을 타고 익숙한 거리로 돌아가면 그녀와의 데이트도 끝.

그게 섭섭할 정도로 오늘 데이트는 즐거웠다.

하지만 그렇기에 마음에 걸리는 게 있었다.

(오늘 유이카는 정말 도S를 발동하지 않았어…….)

처음 약속 장소에서 변태 플레이는 금지라고 한 케이키에게 그녀는 자신도 그럴 생각이었다고 말했다.

데이트 권리를 둘러싼 전날의 승부는 끝났으니 더 이상 본성을 숨길 필요는 없을 텐데.

오늘 유이카는 도S인 자신을 봉인하는 걸 선택했다.

케이키를 노예로 만들고 싶어 했던 그녀에게 어떤 심경의 변화가 있었던 걸까?

"아, 역이 보이네요."

"으응, 그러네…….""

고민하는 도중에 버스가 목적지에 도착했고, 케이키는 의문을 남긴 채 어쩔 수 없이 생각을 중단하고 말았다.

"우와, 추워……."

"이 시간이 되니까 역시 춥네요."

지하철에서 자신들이 사는 마을로 돌아와 역을 나오자 거리는 완전히 어두워져 있었다.

기온은 낮보다 꽤 떨어져 있었고 숨을 내뱉으면 새하얗게 얼어버릴 정도였다.

역 주변은 크리스마스 특수로 야간 조명이 켜지면서 밤거리를, 그곳을 지나가는 사람들을 눈부신 일루미네이션으로 채색했다.

"시내 역 주변도 아름다웠지만 이곳도 꽤 기합이 들어갔네요."

"나중에 정리하기 힘들 것 같지 않아?"

"이럴 땐 순수하게 즐기기만 해요."

이상한 부분에서 비뚤어져 있다니까, 라며 유이카가 어이없어했다.

마침 좋은 기회였기에 기간 한정의 광경을 둘이서 스마트폰에 저장했다.

한동안 일루미네이션을 즐기던 케이키가 말을 꺼냈다.

"슬슬 돌아갈까? 이미 어두워졌으니까 바래다줄게."

"그래요……."

역에서 나와 집으로 발걸음을 재촉하는 사람들에 섞여 그녀의 집을 향해 걷기 시작했다.

밤길 위에서 나눈 것은 오늘 데이트나 얼마 전에 치렀던 기말고사, 겨울방학 일정 등 실없는 이야기.

순조롭게 길을 걸어 그녀의 집이 가까워져 왔을 때—.

"……."

길을 비추는 가로등 아래에서, 갑자기 후배는 걸음을 멈췄다.

"응? 유이카?"

"케이키 선배……."

작은 목소리로 이름을 부르고.

그녀는 어딘가 간청하듯 케이키를 바라보았다.

"좀 멀리 돌아서 가면 안 돼요?"

"……."

놀라면서도 그녀의 제안을 거절하지 않았던 건, 궁지에 몰린 것 같은 그 표정이 버려진 강아지 같아서 차마 내버려 둘 수 없었기 때문이었다.

그 이후에는 둘이 묵묵하게 밤거리를 걸었다.

의도를 파악하지 못한 채 평소에는 지나가지 않는 길을 선택했다.

어쩐지 서로의 집은 피하면서.

주택지에서 벗어난 곳은 밤이 깊어짐에 따라 사람들의 왕

래가 거의 없어진 상태.

그렇게 어느 정도 걸었을까.

멀리 둘러서 다다른 학교 근처 육교 위에서 두 사람은 걸음을 멈췄다.

"……눈이네."

칠흑으로 물든 하늘 위에서 팔랑팔랑 눈이 내리기 시작했다.

한숨을 내쉬면 쉽게 사라져버릴 것 같은 아주 약하고 작은 눈.

하지만 이 마을에서는 좀처럼 볼 수 없는 그 눈은 몇 년만의 화이트 크리스마스를 맞이하게 해주었다.

"아름답네요."

"그러게."

둘이 나란히 서서 육교에서 그 광경을 바라보았다.

익숙한 살풍경의 거리가 눈이 내리기만 했는데 특별하게 보이는 게 신기했다.

"……저기, 케이키 선배?"

"응?"

"유이카는요, 케이키 선배가 좋아요."

"뭐……?"

순간 무슨 말을 들은 건지 이해할 수 없었다.

"아, 미리 말해두겠지만 농담이라든가 호의적인 의미로

말한 게 아니에요. 방금 한 말은 이성으로서 좋아한다는 의미예요."

"뭐어어?!"

케이키가 뭔가 말하기 전에 유이카가 완벽한 방패를 쳤다.

마치 처음부터 계획된 것 같은 너무 빠른 전개에 머리가 미처 따라가질 못했다.

"놀랐어요?"

"심장이 튀어나오는 줄 알았을 정도로……."

"케이키 선배는 둔감하니까 이 정도로 확실하게 말하지 않으면 전해지지 않을 것 같았거든요."

얼마나 둔감해 보인 거지?

하지만 그런 의문은 지금 정말 아무래도 상관없었다.

"아니, 그래도, 왜? 언제부터……?"

"4월에 도서실에서 말을 걸어줬을 때부터요. 그때부터 선배가 신경 쓰였고 그 이후에는 뭐……자연스럽게?"

"……."

거의 처음 만났을 때부터였다.

다만 그렇게 되면 아무래도 신경 쓰이는 게 있었다.

"하지만 유이카는 날 노예로 만들고 싶다고 하지 않았어?"

"그야 당연히 좋아하니까 노예로 만들고 싶었던 거죠."

"……."

그 고백에 다음 말이 생각나지 않았다.

좋아하니까 노예로 만들고 싶다니, 그런 발상은 케이키에 겐 없었다.

"실은 유이카도 지금 이 관계는 마음에 들어요. 선배를 노 예로 만들기 위해 기를 쓰고, 도전할 때마다 거절당하고…… 하지만 그게 좀 즐겁기도 해서……. 이대로 계속 사이좋은 선후배 관계로 지낼 수 있다면 그걸로 충분하다고 생각할 정도로."

추억을 음미하는 듯한 부드러운 어조로,

"지금까지 고백하지 못했던 건 정말 마음에 드는 이 관계 가 깨지는 게 무서웠기 때문이에요……."

깊이 간직하고 있었던 것이 흘러넘치듯 그녀는 자신의 마 음을 전했다.

"그래도 이 마음을 전하지 않으면 후회할 것 같았어요."

"후회?"

"전에 아이리 집에 갔을 때 들었어요. 우물쭈물하다간 다 른 사람에게 케이키 선배를 빼앗길 거라고."

"나가세가……."

"그리고 실제로 케이키 선배가 다른 사람이랑 사귀는 광 경을 상상하면 눈물이 나올 정도로 가슴이 아파요……."

그 마음을 떠올린 것인지 유이카가 자신의 가슴에 손을 올렸다.

"유이카는 케이키 선배를 누구에게도 빼앗기고 싶지 않

아요…… 마녀 선배에게도 마오 선배에게도 미즈하 선배에게도…….."

"유이카……."

"그러니까 오늘은 진짜 내 모습을 보여주지 않겠다고 결심했어요. 케이키 선배가 좋아하는 건 기가 센 도S의 여자애가 아니라 청초하고 귀엽고 평범한 여자아이니까."

"아……."

드디어 의문이 풀렸다.

그게 오늘 그녀가 도S인 자신을 봉인하고 데이트에 임한 이유.

평소에 늘 평범한 사랑을 하고 싶다고 주장하는 선배가 자신을 바라보도록 여자 후배가 취한 수단.

그녀는 처음부터 크리스마스이브 밤에 고백하려고 결심하고 있었다.

"—있잖아요, 케이키 선배."

눈이 흩날리는 육교 위에서,

"오늘 유이카는 선배가 좋아하는 귀여운 여자아이였나요?"

그녀는 그런 질문을 던지며,

"유이카는 케이키 선배를 좋아하니까…… 그러니까 만약…… 만약 선배가 다른 누군가가 아닌 유이카를 선택해준다면—."

결의를 담은 눈동자로 좋아하는 사람을 바라보면서.

각오를 증명하듯 하나의 맹세를 했다.

"유이카는 평범한 여자아이가 되어도 좋아요."

후기

※스포일러를 포함하고 있으니 본편을 아직 읽지 않으신 분은 주의해주십시오.

변태 좋아 10권을 구매해주셔서 정말 감사합니다.

2017년 시작된 이 시리즈도 이번에 드디어 10권을 맞이했습니다.

유이카가 표지를 장식한 것도 실로 3년 만. 생각해보면 멀리 온 것 같네요.

이것도 오로지 응원해주신 여러분들 덕분입니다.

정말 감사합니다.

내용에 관해서는 선거 편에 드디어 종지부를 찍고 오니즈카까지 포함된 새로운 학생회가 발족되었습니다.

타카사키 선배가 은퇴해버리는 건 아쉽지만 그녀는 은퇴 후에도 이따금 학생회실을 찾을 예정이니 안심하십시오.

진지한 화제가 많았던 선거 편이 끝나고 후반에는 오랜만에 부드러운 분위기의 이야기를 쓰게 돼서 즐거웠습니다.

그리고 뜻밖이겠지만 숏컷의 오니즈카가 귀여웠습니다.

오니즈카는 등장했을 때부터 이 아이의 머리를 자르게 하겠다고 마음속으로 결심하고 있었습니다.

결과적으로 10권에서 순조롭게 제2의 형태로 변한 그녀. 그려주신 컬러 그림이 정말 예상 이상으로 귀여워서 저도 모르게 '후헤헤' 하고 이상한 웃음을 흘리고 말았습니다.

저는 실연 때문에 긴 머리의 캐릭터가 머리를 자르는 이벤트를 정말 좋아하거든요.

무수히 많은 작가의 페티시를 하나 소개해드렸으니 슬슬 선전을.

이번에 발매되는 원작 10권에 맞춰 코믹스 최신작 5권과 스핀오프 작품인 『애브노멀 하렘』이 동시에 발매되니 흥미가 있으신 분들은 그 작품들도 읽어주셨으면 좋겠습니다.

전부 다 굉장히 변태적인 내용이 담겨있지만 애브노멀 하렘은 일상물 작품 같은 분위기이고 코믹스 5권은 변태 좋아 사상 가장 파격적인 『그 장면』도 실려 있으니 기대 많이 해주세요.

그럼 10권을 계기로 큰 전환기를 맞이한 변태 좋아 시리즈였습니다만, 그 아이의 『고백』에 의해 앞으로 남자 주인공과 여주인공들에게 어떤 변화가 일어날지 기대해주신다면 정말 기쁠 것 같습니다.

그럼 다음에는 11권에서 만나요.

하나마 토모

KAWAIKEREBA HENTAI DEMO SUKI NI NATTE KUREMASUKA? Vol.10
©Tomo Hanama 2020
First published in Japan in 2020 by KADOKAWA CORPORATION, Tokyo.
Korean translation rights arranged with KADOKAWA CORPORATION, Tokyo.

귀여우면 변태라도 좋아해 주실 수 있나요? 10

2023년 4월 15일 1판 1쇄 발행

저　　　자	하나마 토모
일 러 스 트	sune
옮 긴 이	심희정
발 행 인	유재옥
본 부 장	조병권
담당편집자	정영길
편집 1팀	김준균 김혜연
편집 2팀	정영길 조찬희 박치우 정지원
편집 3팀	오준영 이해빈
편집 4팀	전태영 박소연
라 이 츠	김정미 맹미영 이윤서
디 지 털	박상섭 김지연
미　　　술	김보라 박민솔
발 행 처	㈜소미미디어
인쇄제작처	코리아피앤피
등　　　록	제2015-000008호
주　　　소	서울시 마포구 토정로222, 403호(신수동, 한국출판콘텐츠센터)
판　　　매	㈜소미미디어
영　　　업	박종욱
마 케 팅	한민지 최원석 박수진 최정연
물　　　류	허석용
전　　　화	(02)567-3388, Fax (02)322-7665

ISBN 979-11-384-1268-1 04830
ISBN 979-11-6190-647-8 (세트)